语文教材选篇作家作品
深度阅读系列

国际儿童读物联盟（IBBY）原主席
张明舟 / 主编

任 / 溶 / 溶 / 译 / 作 / 精 / 选

俄罗斯民间故事

[苏] 阿·托尔斯泰 著
任溶溶 译

语文教材
选篇作家
任溶溶

浙江教育出版社·杭州

主编的话

阅读是有力量的

阅读是有力量的，特别是课外阅读。这一点我有切身体会。44 年前，我还是黑龙江省一个偏远小山村里的一名 9 岁学童。一个偶然的机会，我用捡拾垃圾换来的 2 角 8 分钱，买到了一本故事书——《小种子旅行记》。这本书讲述了一粒小种子立志到地角天边旅行的故事。书中描绘的大好河山和扣人心弦的故事情节深深地吸引了我，正是从这本书开始，我对阅读产生了浓厚的兴趣。由于条件所限，除了经常要到学期结束才能拿到手的语文课本，那时候我能找到的书很少很少。于是我尝试着阅读糊在泥墙上的旧报纸，不懂的地方就问爸爸、哥哥，因此认识了不少字，也了解了小山村外的许多新鲜事物。我对走出小山村，到地角天边去看看的愿望越来越强烈，学习的动力也越来越足。后来，哥哥给我买了《成语词典》等书籍，我被先贤们的外交智慧所折服，悄悄萌生了长大后做外交官的梦想。后来我才意识到，大量的阅读已经使我拥有了强大的自学能力，我越来越发现课外阅读是对课内学习的重要补充，甚至很大程度上弥补了乡村学校教学条件和教师教学水平的不足。一直在小山村读书，缺乏自信心的我，竟然以全县第一名的成绩考入高中，后来又以优异的成绩考入上海外国语大学，毕业后被外交部录用，成了一名职业外交官。2002 年开始，我积极参与国际儿童读物联盟（IBBY）工作，支持该国际组织在世界各地的公益项目，并推动其与其他国际组织建立合作关系。2018 年，我当选该国际组织主席，成为改革开放以来为数不多的在国际组织担任最高领导人的中国人。在与各国同行交流的过程中，我发现很多人都是因为少年儿童时期的阅读，而养成了良好的阅读和学习习惯并受益终身。

优秀的儿童读物应是既有趣又有营养的。有效率的阅读，更应该是精读和泛读的结合。统编语文教材在知识点的准确性上，特别是在语言和文学两方面综合评估上，对每一篇入选文章都进行了反复考证，体现了编写团队的专业水平和集体智慧。这套“语文教材选篇作家作品深度阅读系列”的每一位作者，都是统编语文教材的选篇作家。翻开孩子们每天相伴的语文课本，就能找到他们的名字。这些作家的作品，囊括了小说、散文、童话、诗歌、科普文章等各种文学体裁。

入选教材的作品都是精品中的精品，然而受课本容量所限，有些文章在收入教材时，篇幅不得不做了删减，在这套书里读者可以找到原作全文；有些课文，其实是系列作品的局部，在这套书里可以找到它的上下文和前后故事；还有些课文，作者著有多篇同体裁、同类型的作品，可以作为课外拓展阅读。学生通过对语文课文的精读，和对语文教材选篇作家系列作品的泛读——对照阅读、大量阅读，既可以更深入地理解课文内容，又可以感受其作品的独特魅力，培养更加敏锐的感受力和表达能力。

当然，除了学生自主阅读，这套书还可以和语文课堂教学配合使用。教师在讲解某一篇课文时，这套书可以作为“资料库”，丰富和拓展课堂教学内容。

让孩子们在课堂上和学习之余，在合适的时间与合适的图书相遇，引导他们从阅读中收获无穷乐趣、吸收无限养分，学会阅读，爱上阅读，成为终身的阅读者和学习者，是这套“语文教材选篇作家作品深度阅读系列”的出版目的，也是出版社和数十位教材选篇作家的共同心愿。

张明舟

2021 年 11 月 30 日于北京

作者序

改写俄罗斯民间故事，曾经有过许许多多次的尝试。问题在于一百年以来，民间故事都是根据口述记录——直到现在还是这样。每一个讲故事的人，都用他自己的一套讲法来讲：一个讲得简短，另外一个讲得详细周到；一个开头开得好，另外一个收尾收得好，第三个中段讲得好；一个讲故事的人因为诙谐和个别字眼出名，另外一个以故事里有趣的情节见长；有些讲故事的人是创作家，是真正的诗人，有些却是才能比较差的——单纯的转述人。

因为这个缘故，在替广大的读者编辑故事集的时候，总是需要从许多主题相同而讲法不同的故事当中，把最有趣的一种挑选出来。可是简单地挑选是不行的，因为在每一个主题相同而讲法不同的故事当中，都有它叫人舍不得丢掉的宝贵东西。编这种故事集的人常常担任故事的改写工作，并且常常不是用民间语言、不是用民间的手法来复述它们，而是“文学地”复述，那就是用老一套的语言，用文绉绉的语言来复述，这种语言和民间语言没有丝毫相同的地方。

用这种方式复述的故事，常常失去一切意义——这些故事里面，优美的民间创作，就只剩下了一个主题，而最主要的东西——像民间语言蕴含的机智与清新、文字特色、叙述和谈话的方式等，换句话说，就是民间的风格——全都失去了，这正好像蝴蝶翅膀上美妙而脆弱的图案，碰到了人的粗笨的手指被毁坏了一样。

我的任务是另外一种：我要在编辑故事集的时候，把民间故事的一切清新和自然保存下来。为了达到这个目的，我是这样做的：我从无数主题相同而讲法不同的故事当中，先挑选出最有趣和基本的一种，再用别的语言和情节都生动的故事来丰富它。自然，当我将各部分这样拼成一个故事，或者说“恢复”这个故事的本来面目的时候，某些地方我不得不增添，某些地方我不得不改变，某些不够的地方我不得不补足，可是我做这个工作，是基于原来的风格的——我充满信心，要贡献给各位读者一本真正民间的故事集，有一切语言富藏和故事特点的人民创作。

阿 · 托尔斯泰

目录

上卷

下卷

上卷

大萝卜

一个老头儿种下了萝卜，对它说：

“长大呀，长大呀，萝卜啊，长得甜哪！长大呀，长大呀，萝卜啊，长得结实啊！”

萝卜长出来了，长得又甜、又结实，大得不得了。

老头儿就去拔萝卜：他拔了又拔，拔不出来。

老头儿把老婆儿叫来。

老婆儿拉老头儿，
老头儿啊拔萝卜——

他们拔了又拔，拔不出来。

老婆儿把孙女儿叫来。

孙女儿拉老婆儿，
老婆儿拉老头儿，
老头儿啊拔萝卜——

他们拔了又拔，拔不出来。

孙女儿把小狗儿叫来。

小狗儿拉孙女儿，
孙女儿拉老婆儿，

老婆儿拉老头儿，

老头儿啊拔萝卜——

他们拔了又拔，拔不出来。

小狗儿把小猫儿叫来。

小猫儿拉小狗儿，

小狗儿拉孙女儿，

孙女儿拉老婆儿，

老婆儿拉老头儿，

老头儿啊拔萝卜——

他们拔了又拔，拔不出来。

小猫儿把小耗子叫来。

小耗子拉小猫儿，

小猫儿拉小狗儿，

小狗儿拉孙女儿，

孙女儿拉老婆儿，

老婆儿拉老头儿，

老头儿啊拔萝卜——

他们拔了又拔——把萝卜拔出来了。

花母鸡

从前有对老夫妻，
养了一只花母鸡。
母鸡下了个小小蛋：
五颜六色、头儿尖尖、
壳儿硬硬、妙到极点——
这蛋下在白杨窝，
下在凳子底下、墙犄角。
老鼠跑过，尾巴一挥，
鸡蛋登时被打碎。
为了这个蛋：
老头儿呜呜地哭，老太婆哇哇地嚷，
门柱子哈哈地笑，花母鸡啪啪地飞，
大门咯吱咯吱响，
门槛下面的灰尘滚起来，
房门挺肚子，栅栏都散开，
屋顶也摇摇摆摆……
花母鸡对大家讲：

“老头儿你别哭，老太婆你别嚷，
母鸡你们别飞，
大门别咯吱咯吱响，
门槛下面的灰尘别滚起来，
栅栏别散开，
屋顶别摇摇摆摆——
我再给你们下个蛋：
五颜六色、头儿尖尖、
壳儿硬硬、妙到极点！
这蛋非同小可——是个金鸡蛋。”

油炸团子

从前有个老头儿，有个老太婆。

有一回，老头儿对老太婆说：“老婆子，你去箱子里扫扫，去米桶里倒倒，看做个油炸团子的面粉够不够吧。”

老太婆拿一根羽毛，去箱子里扫扫，去米桶里倒倒，面粉扫出了两大把。

她把面粉用奶油拌匀，捏成一个团子，在油里炸好，放在窗台上吹凉。

团子躺着躺着，翻身滚起来了——它从窗台上滚下凳子，从凳子上滚下地板，从地板上滚到门边，跳过门槛，滚进过道，从过道里滚到台阶，从台阶上滚下院子，从院子里滚到大门，越滚嘛，越远。

团子一路滚，一只兔子碰见了它：“团子啊团子，我要吃了你！”

“不要吃我啊，兔子，我给你唱支歌：我叫团子，油炸的团子，我从箱子里扫出来，从米桶里倒出来，用奶油拌过，在油里炸过，在窗台上晾过。我从老头儿身边溜开了，我从老太婆身边溜开了，我从你身边哪，兔子哎，更得要溜开的啰！”

说着它一路上滚起来了——只有兔子瞧得见它！

团子滚啊滚的，一只狼碰见了它："团子啊团子，我要吃了你！"

"不要吃我啊，灰色的狼，我给你唱支歌：我叫团子，油炸的团子，我从箱子里扫出来，从米桶里倒出来，用奶油拌过，在油里炸过，在窗台上晾过。我从老头儿身边溜开了，我从老太婆身边溜开了，我从兔子身边溜开了，我从你身边哪，狼哎，更得要溜开的啰！"

说着它一路上滚起来了——只有狼瞧得见它！

团子滚啊滚的，一只熊碰见了它："团子啊团子，我要吃了你！"

"你呀，笨家伙，怎么吃得着我呢！我叫团子，油炸的团子，我从箱子里扫出来，从米桶里倒出来，用奶油拌过，在油里炸过，在窗台上晾过。我从老头儿身边溜开了，我从老太婆身边溜开了，我从兔子身边溜开了，我从狼身边溜开了，我从你身边哪，熊哎，更得要溜开的啰！"

它又滚起来了——只有熊瞧得见它！

团子滚啊滚的，一只狐狸碰见了它："团子呀团子，滚到哪儿去呀？"

"就是一路滚。"

"团子啊团子，给我唱支歌吧！"

团子于是唱起来了："我叫团子，油炸

的团子，我从箱子里扫出来，从米桶里倒出来，用奶油拌过，在油里炸过，在窗台上晾过，我从老头儿身边溜开了，我从老太婆身边溜开了，我从兔子身边溜开了，我从狼身边溜开了，我从熊身边溜开了，我从你身边哪，狐狸，我毫不费力就可以溜开啦！”

可是狐狸说：“哈哈，歌唱得好极了，可惜我听不清楚。团子啊团子，坐到我的鼻子上来，再唱一遍吧，要唱得响点儿。”

团子跳上狐狸的鼻子，开口把那支歌又唱了一遍，唱得挺响的。

可是狐狸又对它说：“团子啊团子，坐到我的舌头上来，唱最后一遍吧。”

团子跳上狐狸的舌头，可是狐狸咕噜一下，把它吞下去了。

房子

有一个庄稼人，装了一车子瓦罐走过，掉了一个瓦罐在路上。一只“嗡嗡嗡”的苍蝇飞过来，问道：“这是谁的房子啊？房子里住的是谁呀？”

它见什么人也没有，于是飞进瓦罐，待在里面。

一只“嗡嗡嗡”的蚊子飞过来，问道：“这是谁的房子啊？房子里住的是谁呀？”

“是我，‘嗡嗡嗡’的苍蝇。你呀，是谁？”

“我吗，是‘嗡嗡嗡’的蚊子。”

“进来跟我待在一块儿吧。”

于是它俩就待在一块儿了。

一只“吱吱吱”的耗子跑过来，问道：“这是谁的房子啊？房子里住的是谁呀？”

“是我，‘嗡嗡嗡’的苍蝇。”

“是我，‘嗡嗡嗡’的蚊子。你呀，是谁？”

“我吗，是‘吱吱吱’的耗子。”

“进来跟我们待在一块儿吧。”

于是它们三个就待在一块儿了。

一只“呱呱呱”的青蛙跳过来，问道：“这是谁的房子啊？房子里住的是谁呀？”

“是我，‘嗡嗡嗡’的苍蝇。”

“是我，‘嗡嗡嗡’的蚊子。”

“是我，‘吱吱吱’的耗子。你呀，是谁？”

“我吗，是‘呱呱呱’的青蛙。”

“进来跟我们待在一块儿吧。”

于是它们四个就待在一块儿了。

一只小兔子跑过来，问道：“这是谁的房子啊？房子里住的是谁呀？”

“是我，‘嗡嗡嗡’的苍蝇。”

“是我，‘嗡嗡嗡’的蚊子。”

“是我，‘吱吱吱’的耗子。”

“是我，‘呱呱呱’的青蛙。你呀，是谁？”

“我吗，是满山跳的弯腿兔子。”

“进来跟我们待在一块儿吧。”

于是它们五个就待在一块儿了。

一只狐狸跑过来，问道：“这是谁的房子啊？房子里住的是谁呀？”

“是我，‘嗡嗡嗡’的苍蝇。”

“是我，‘嗡嗡嗡’的蚊子。”

“是我，‘吱吱吱’的耗子。”

“是我，‘呱呱呱’的青蛙。”

“是我，满山跳的弯腿兔子。你呀，是谁？”

“我吗，是讲漂亮话的狐狸。”

“进来跟我们待在一块儿吧。”

于是它们六个就待在一块儿了。

一只狼跑过来：“这是谁的房子啊？房子里住的是谁呀？”

“是我，‘嗡嗡嗡’的苍蝇。”

“是我，‘嗡嗡嗡’的蚊子。”

“是我，‘吱吱吱’的耗子。”

“是我，‘呱呱呱’的青蛙。”

“是我，满山跳的弯腿兔子。”

“是我，说漂亮话的狐狸。你呀，是谁？”

“我吗，是守在林子后面朝前扑的大狼。”

“进来跟我们待在一块儿吧。”

于是它们七个就待在一块儿——快快活活的。

一只熊跑过来，敲敲门：“这是谁的房子啊？房子里住的是谁呀？”

“是我，‘嗡嗡嗡’的苍蝇。”

“是我，‘嗡嗡嗡’的蚊子。”

“是我，‘吱吱吱’的耗子。”

“是我，‘呱呱呱’的青蛙。”

“是我，满山跳的弯腿兔子。”

“是我，说漂亮话的狐狸。”

“是我，守在林子后面朝前扑的大狼。你呀，是谁？”

“我吗，要压你们个粉碎。”

那只熊一屁股坐在瓦罐上。瓦罐被压碎了，所有的动物都被吓跑了。

公鸡和母鸡

从前有一只母鸡，有一只公鸡。

它们到树林子里去摘核桃。

公鸡爬到树上去摘核桃，吩咐母鸡在地上接。公鸡扔下来，母鸡接过去。

忽然一下，公鸡把核桃扔下来，打中了母鸡的眼睛。

母鸡跑开去——哇哇地大哭。

贵族们坐车子走过，问道：

“母鸡呀母鸡！你哭什么呀？”

“公鸡打中了我的一只眼睛。”

“公鸡呀公鸡！你干吗要打伤母鸡的眼睛呢？”

“核桃树撕破了我的裤子。”

“核桃树哇核桃树！你干吗要撕破公鸡的裤子呢？”

“山羊咬了我。”

“山羊啊山羊！你干吗要咬核桃树呢？”

“放羊的不看好我们。”

“放羊的呀放羊的！你干吗不看好山羊呢？”

“女当家不给我饼吃。”

“女当家呀女当家！你干吗不给放羊的饼吃呢？”

“母猪把我面缸里和好的面弄得漫出来了。”

“母猪哇母猪！你干吗把女当家和好的面弄得漫出来呢？”

“狼抢走了我的小猪。”

“狼啊狼！你干吗抢走母猪的小猪呢？”

“我想吃啊。”

一颗小豆

从前有一只公鸡，有一只母鸡。公鸡在地上扒了又扒，扒出了一颗小豆。

“喔喔喔，鸡婆婆，吃豆哇！”

“咯咯咯，鸡公公，你自己吃得啦！”

公鸡吃小豆，小豆噎在喉咙里，不上不下。公鸡赶快叫母鸡：“鸡婆婆啊，快到小河那里去讨点儿水来，把小豆给冲下去吧。”

母鸡赶快跑到河边：“小河啊小河，给我点儿水吧：公鸡叫小豆给噎住啦！”

小河说：“到菩提树那里去，给我讨片树叶子来吧，那么，我就把水给你了。”

母鸡赶快跑到菩提树那里去：

“菩提树哇菩提树，给我片树叶子吧！我把树叶子拿去给小河，小河才肯把水给公鸡，好把小豆冲下去：公鸡叫小豆给噎住啦。”

菩提树说：“到小姑娘那里去，给我讨根线来吧。”

母鸡赶快跑去：“小姑娘啊小姑娘，给我根线吧！我把线拿去给菩提树，菩提树才肯把树叶子给我，我把树叶子拿去给小河，小河才肯把水给公鸡，好把小豆冲下去：公鸡叫小豆给噎住啦。”

小姑娘回答它说：“到木梳匠那里去，给我讨把木梳来吧，那么，我就把线给你了。”

母鸡赶快来到木梳匠的地方：“木梳匠啊木梳匠，给我把木梳吧！我把木梳拿去给小姑娘，小姑娘才肯把线给我，我把线拿去给菩提树，菩提树才肯把树叶子给我，我把树叶子拿去给小河，小河才肯把水给公鸡，好把小豆冲下去：公鸡叫小豆给噎住啦。”

木梳匠说：“到面包师傅那里去，给我讨些白面包来吧。”

母鸡赶快跑到面包师傅那里去：“面包师傅哇面包师傅，给我些白面包吧！我把面包拿去给木梳匠，木梳匠才肯把木梳给我，我把木梳拿去给小姑娘，小姑娘才肯把线给我，我把线拿去给菩提树，菩提树才肯把树叶子给我，我把树叶子拿去给小河，小河才肯把水给公鸡，好把小豆冲下去：公鸡叫小豆给噎住啦。”

面包师傅说：“到砍柴人那里去，给我讨点木柴来吧。”

母鸡跑到砍柴人那里去：“砍柴人哪砍柴人，给我点木柴吧！我把木柴拿去给面包师傅，面包师傅才肯把面包给我，我把面包拿去给木梳匠，木梳匠才肯把木梳给我，我把木梳拿去给小姑娘，小姑娘才肯把线给我，我把线拿去给菩提树，菩提树才肯把树叶子给我，我把树叶子拿去给小河，小河才肯把水给公鸡，好把小豆冲下去：公鸡叫小豆给噎住啦。”

砍柴人把木柴给了母鸡。

母鸡把木柴交给面包师傅，面包师傅给它面包，面包交给木梳匠，木梳匠给它木梳，木梳交给小姑娘，小姑娘给它线，线交给菩提树，菩提树给它树叶子，树叶子交给小河，小河给它水。

公鸡咽下水去，小豆冲到肚子里去了。

公鸡唱起歌来啦："喔喔喔喔！"

母山羊没带核桃回家

公山羊出去剥菩提树的内皮，母山羊出去摘核桃。

公山羊带了树皮回家——母山羊没带核桃回家。

母山羊不见了，当然核桃也没有了；母山羊不见了，当然烤干核桃也没有了！

“哼，好极了，母山羊啊！我去叫狼来对付你。”

可是狼不去追母山羊。

母山羊不见了，当然核桃也没有了；母山羊不见了，当然烤干核桃也没有了！

“好极了，狼啊！我去叫熊来对付你。”

可是熊不去撕狼，狼不去追母山羊。

母山羊不见了，当然核桃也没有了；母山羊不见了，当然烤干核桃也没有了！

“好极了，熊啊！我去叫人来对付你。”

可是人不去开枪打熊，熊不去撕狼，狼不去追母山羊。

母山羊不见了，当然核桃也没有了；母山羊不见了，当然烤干核桃也没有了！

“好极了，人哪！我去叫棍子来对付你。”

可是棍子不去打人，人不去开枪打熊，熊不去撕狼，狼不去追母山羊。

母山羊不见了，当然核桃也没有了；母山羊不见了，当然烤干核桃也没有了！

“好极了，棍子啊！我去叫斧子来对付你。”

可是斧子不去劈棍子，棍子不去打人，人不去开枪打熊，熊不去撕狼，狼不去追母山羊。

母山羊不见了，当然核桃也没有了；母山羊不见了，当然烤干核桃也没有了！

“好极了，斧子啊！我去叫石头来对付你。”

可是石头不去磕崩斧子，斧子不去劈棍子，棍子不去打人，人不去开枪打熊，熊不去撕狼，狼不去追母山羊。

母山羊不见了，当然核桃也没有了；母山羊不见了，当然烤干核桃也没有了！

“好极了，石头哇！我去叫火来对付你。”

可是火不去烧石头，石头不去磕崩斧子，斧子不去劈棍子，棍子不去打人，人不去开枪打熊，熊不去撕狼，狼不去追母山羊。

母山羊不见了，当然核桃也没有了；母山羊不见了，当然烤干核桃也没有了！

“好极了，火啊！我去叫水来对付你。”

可是水不去浇火，火不去烧石头，石头不去磕崩斧子，斧子不去劈棍子，棍子不去打人，人不去开枪打熊，熊不去撕狼，狼不去追母山羊。

母山羊不见了，当然核桃也没有了；母山羊不见了，当然烤干核桃也没有了！

“好极了，水呀！我去叫风来对付你。”

风听见了，就去吹水，水就去浇火，火就去烧石头，石头就去磕崩斧子，斧子就去劈棍子，棍子就去打人，人就去开枪打熊，熊就去撕狼，狼就去追母山羊。

母山羊带了核桃回家了，当然烤干核桃也有了！

狐狸和兔子

从前有一只狐狸，有一只兔子。狐狸有一间冰做的小房子，兔子有一间树皮盖的小房子。

美丽的春天到了——狐狸的房子融化了，兔子的房子还是好好的。

狐狸于是去求兔子借住一晚上，反过来倒把兔子赶出了房子。小兔子一路走，一路哭。一只狗碰见了它：“汪，汪，汪！小兔子啊，你怎么哭啦？”

“我怎么能不哭呢？我本来有一间树皮盖的房子，狐狸有一间冰做的房子。它来向我借住一晚上，倒把我赶出来了。”

“不要哭啦，小兔子！我帮你的忙。”

它们来到房子的门口。狗“汪汪”地叫起来：“汪，汪，汪！喂，滚出来吧，狐狸！”

狐狸打暖炕上对它们说：“我一跳出来，我一扑出来，沙子就满天飞，石头就满地滚！”

狗怕了，就溜跑了。

小兔子重新一路走，一路哭。一只熊碰见了它：“小兔子啊，你怎么哭啦？”

“我怎么能不哭呢？我本来有一间树皮盖的房子，狐狸有一间冰做的房子。它来向我借住一晚上，倒把我赶出来了。”

“不要哭，我帮你的忙。”

“不，这忙你帮不来呀。狗去赶过了——赶不走，你也赶它不走的。”

“不，赶得走！”

它们来到房子的门口。熊嚷起来：“喂，滚出来吧，狐狸！”

可是狐狸打暖炕上对它们说：“我一跳出来，我一扑出来，沙子就满天飞，石头就满地滚！”

熊怕了，就溜跑了。

小兔子又往前走，一头公牛碰见了它：“小兔子啊，你怎么哭啦？”

“我怎么能不哭呢？我本来有一间树皮盖的房子，狐狸有一间冰做的房子。它来向我借住一晚上，倒把我赶出来了。”

“咱们走吧，我帮你的忙。”

“不，公牛，这忙你帮不来呀。狗去赶过了——赶不走，熊去赶过了——赶不走，你也赶它不走的。”

“不，赶得走！”

它们来到房子的门口。公牛马上嚷起来：“喂，滚出来吧，狐狸！”

可是狐狸打暖炕上对它们说：“我一跳出来，我一扑出来，沙子就满天飞，石头就满地滚！”

公牛怕了，就溜跑了。

小兔子还是一路走，一路哭，哭得比先前更加厉害。一只带镰刀的公鸡碰见了它："喔喔喔喔！小兔子啊，你怎么哭啦？"

"我怎么能不哭呢？我本来有一间树皮盖的房子，狐狸有一间冰做的房子。它来向我借住一晚上，倒把我赶出来了。"

"咱们走吧，我帮你的忙。"

"不，公鸡，这忙你帮不来呀。狗去赶过了——赶不走，熊去赶过了——赶不走，公牛去赶过了——赶不走，你也赶它不走的。"

"不，赶得走！"

它们来到房子的门口。公鸡跺脚拍翅膀："喔喔喔喔！我用脚跟走道，我的肩膀上背一把镰刀，我想砍掉狐狸的脑袋，狐狸你快打暖炕上爬下来。出来吧，狐狸！"

狐狸听见了，害怕起来，就说："我在穿鞋子……"

公鸡又叫："喔喔喔喔！我用脚跟走道，我的肩膀上背一把镰刀，我想砍掉狐狸的脑袋，狐狸你快打暖炕上爬下来。出来吧，狐狸！"

狐狸又说："我在穿衣服……"

公鸡又叫第三遍："喔喔喔喔！我用脚跟走道，我的肩膀上背一把镰刀，我想砍掉狐狸的脑袋，狐狸你快打暖炕上爬下来。出来吧，狐狸！"

狐狸没头没脑地跑出来，公鸡一镰刀送了它的命。从此，公鸡和兔子在树皮盖的房子里一直住下来。

狼和小山羊

从前有一只母山羊和几只小山羊。母山羊到树林子里去吃新鲜的草，喝清凉的水。它一出门——小山羊马上闩上了门，什么地方也不去。

母山羊回到家里来，一面敲门一面唱："小山羊啊小乖乖！拉开门闩哪门开开！你们的妈妈回家带来了奶。奶从奶头往下流，打从奶头流到脚，从脚又流到潮湿的地里头！"

小山羊拉开门闩，放妈妈进去。母山羊喂它们吃饱，让它们喝够，又到树林子里去了，小山羊把房子的门紧紧地关上。

狼偷听了母山羊怎样唱歌。有一回，母山羊走了以后，狼跑到小房子的门口，用粗浊的声音喊叫："你们这些小儿郎！你们这些小山羊！快把门闩拉开，快把门儿打开，你们的妈妈已经回家来，带来了新鲜的羊奶。几只蹄子都水淋淋。"

小山羊们回答它说："听见了，听见了——这不是妈妈的声音！我们的妈妈用最尖的嗓子唱歌，不是这样哭着嚷的。"

狼没有办法。它走到铁匠铺里去，请铁匠帮它把喉咙重新打过，使得它唱起歌来能发出尖细的声音。铁匠就把它的喉咙重新打过。狼又跑到房子旁边来，躲在矮林子后面。

这时候母山羊回来了，一面敲门一面唱："小山羊啊小乖乖！拉开门闩哪门开开！你们的妈妈回家带来了奶。奶从奶头往下流，打从奶头流到脚，从脚又流到潮湿的地里头！"

小山羊们把妈妈放进来，一五一十地告诉它：狼怎样想要来吃它们。

母山羊喂它们吃饱、喝够，然后严厉地吩咐大家："随便哪一个到房子前面来，粗声粗气地请你们开门，却说不出我对你们'咩咩'说的那番话，你们就不要开门，谁也不要放进来。"

母山羊刚走，狼很快又跑到房子的门口，敲敲门，用尖嗓子唱着说："小山羊啊小乖乖！拉开门闩哪门开开！你们的妈妈回家带来了奶。奶从奶头往下流，打从奶头流到脚，从脚又流到潮湿的地里头！"

小山羊打开门，狼冲进屋子，把所有的小山羊吃个精光。只有一只小山羊躲在炉灶里面。

母山羊回家，叫了多少遍，唱了多少遍，没有一只小山羊回答。它一看哪，门开着，于是马上跑进屋子——屋子里一只小山羊也没有。它望望炉灶，找到了剩下来的一只小山羊。

母山羊一知道自己的灾难，就一屁股坐在长凳子上伤心地痛哭："哎你们呀，我的小乖乖，小山羊！你们怎么拉开门闩打开了门，放进那只可恶的黑心狼？"

狼听见这话，就走进小房子对母山羊说："朋友，干吗冤枉我？我又没吃你的小山羊。你伤心够了，到树林子里去散步吧。”

它们一块儿走进树林子，树林子里有个坑，坑里烧着火。母山羊对狼说：“喂，狼啊，咱们来试一试，看谁跳得过这个坑吧。”

它们说着就跳起来。山羊一跳就跳过去了，可是轮到狼一跳，却跌进了火坑。

狼的肚子叫火烧得爆开，小山羊们从肚子里跳出来，只只都是活的，哈——它们跳回妈妈身边来啦！它们大伙儿于是照旧过日子。

喜欢撞人的母山羊

从前有个老头儿，有个老太婆，他们两口子有个小女儿。

有一回，小女儿出去放羊。她把山羊放到山上去，放到山谷里去，放到青草地上去，傍晚时候，她把它们赶回家来。老头儿走到台阶上，问它们说："你们小山羊啊母山羊，有没有吃饱喝够给我讲一讲。"

山羊回答他说："我们吃得又饱，喝得又够，我们在小山上面走，小草，我们嚼过了，小白杨，我们吃过了，小白桦树底下，我们躺过了！"

只有一只山羊回答："我又没有吃饱，又没有喝够，又没有在小山上面走，小草，我没有嚼过，小白杨，我没有吃过，小白桦树底下，我没有躺过。等到跑过小桥上面，枫树叶子，我才抢着吃了一小片。等到跑过狭窄的河堤，水，我才抢着喝了一滴。"

老头儿气他女儿不过，把她赶走了。

第二天，他派老太婆去放羊。老太婆把山羊放到山上去，放到山谷里去，放到青草地上去。

天很晚她才把它们赶回家来。

老头儿走到台阶上："你们小山羊啊母山羊，有没有吃饱喝够给我讲一讲。"

山羊回答他说："我们吃得又饱，喝得又够，我们在小山上面走，小草，我们嚼过了，小白杨，我们吃过了，小白桦树底下，我们躺过了！"

只有那只山羊还是老一套："我又没有吃饱，又没有喝够，又没有在小山上面走，小草，我没有嚼过，小白杨，我没有吃过，小白桦树底下，我没有躺过。等到跑过小桥上面，枫树叶子，我才抢着吃了一小片。等到跑过狭窄的河堤，水，我才抢着喝了一滴。"

老头儿比前一回更生气，就把老太婆赶走了。

第三天，他自己去放羊。他把山羊放到山上去，放到山谷里去，放到青草地上去。晚上他把它们赶回家来，自己先跑到前面，问它们说："你们小山羊啊母山羊，有没有吃饱喝够给我讲一讲。"

山羊回答他说："我们吃得又饱，喝得又够，我们在小山上面走，小草，我们嚼过了，小白杨，我们吃过了，小白桦树底下，我们躺过了！"

只有那只山羊还是老一套："我又没有吃饱，又没有喝够，又没有在小山上面走，小草，我没有嚼过，小白杨，我没有吃过，小白桦树底下，我没有躺过。等到跑过小桥上面，枫树叶子，我才抢着吃了一小片。等到跑过狭窄的河堤，水，我才抢着喝了一滴。”

老头儿一把抓住这山羊，把它捆起来，打了它一顿，然后去磨刀。

山羊看见事情坏了，连忙挣脱绳子逃走了。它跑了又跑，一直跑进兔子的小房子，爬上暖炕，在那上面躺下来。

小兔子回家就问：“谁呀，谁偷偷进了我的房子啊？”

山羊从暖炕上面回答它说："我是喜欢撞人的母山羊，一个半子儿给人买回家里，我跺啊跺脚，我要用角来顶你，用脚来踩你，用尾巴来扫你。"

小兔很害怕，就逃走了。它一路走，一路伤心地哭。

一只脚蹬红靴子、耳戴金耳环、肩上扛了一把镰刀的公鸡碰见了它。

"你好哇，小兔子。你怎么哭啦？"

"我怎么能不哭呢？山羊霸占了我的小房子，把我赶出来了。"

"咱们走吧，我帮你的忙。"

它们来到小房子的门口，公鸡敲门："喔喔喔，谁在房子里？"

山羊从暖炕上面对它说："我是喜欢撞人的母山羊，一个半子儿给人买回家里，我跺啊跺脚，我要用角来顶你，用脚来踩你，用尾巴来扫你。"

可是公鸡跳上门坎，这样叫道："我穿着靴子走路，耳朵上戴着金耳环一副，我的肩膀上扛了一把大镰刀，你快从暖炕上爬下来！"

山羊害怕了，慌得从暖炕上摔下来，摔死了……

小兔子和小公鸡从此一块儿住在小房子里，有时候去打打鱼。

金鸡冠的公鸡

从前有一只猫，有一只画眉鸟，还有一只公鸡——一只金鸡冠的公鸡。它们住在树林子里面一间小房子里。

有一回，猫和画眉鸟到树林子里去砍柴，公鸡自个儿待在家里。它们临走的时候——严厉地叮嘱公鸡说："我们走得很远，你待在家里看门，一声也不要响，狐狸走来的时候，你千万别朝窗子外面望。"

狐狸听说猫和画眉鸟不在家，就跑到小房子前面来，坐在窗子下面唱歌，它唱道："公鸡呀公鸡，金鸡冠的公鸡，你的脑袋油光光，你的胡须丝一样，你把头探出窗口，我给你吃颗小豆。"

公鸡于是把头探出窗口。狐狸一把抓住它，要带回自己的狐狸洞去。

公鸡喔喔地叫："狐狸把我捉住，走过黑幽幽的森林，走过急腾腾的河流，走过高耸耸的山头……猫哇画眉鸟哇，来救救我吧……"

猫和画眉鸟听见了，马上来追，从狐狸手里，把公鸡抢回来。

猫和画眉鸟再次到树林子里去砍柴，又吩咐公鸡说："喂，公鸡，这一回你别把头探出窗口了，我们这次走得更远，要听不见你喊叫的。"

它们走了以后，狐狸又跑到小房子前面来唱道："公鸡呀公鸡，金鸡冠的公鸡，你的脑袋油光光，你的胡须丝一样，你把头探出窗口，我给你吃颗小豆。"

公鸡坐在那里一声不响，狐狸接下去唱："孩子们跑哇跑，麦子撒了一地，母鸡把它们捡起来，就是不给公鸡……"

公鸡把头探出窗口："喔喔喔！干吗不给?！"

狐狸一把抓住它，要带回自己的狐狸洞去。

公鸡喔喔地叫："狐狸把我捉住，走过黑幽幽的森林，走过急腾腾的河流，走过高耸耸的山头……猫哇画眉鸟哇，来救救我吧……"

猫和画眉鸟听见了，便转身回来追赶。猫在地上跑，画眉鸟在天上飞……它们赶上了狐狸——猫用爪子抓，画眉鸟用嘴啄，把公鸡抢了回来。

过了不知道多少时候，猫和画眉鸟两个又要到树林子里砍柴去了。它们临走的时候，非常严厉地吩咐公鸡说："你别听狐狸的话，别把头探出小窗口了，我们这次走得还要远，听不见你喊叫的。"

猫和画眉鸟去砍柴，走得远远的。狐狸又来了——它坐在窗子下面，唱道："公鸡呀公鸡，金鸡冠的公鸡，你的脑袋油光光，你的胡须丝一样，你把头探出窗口，我给你吃颗小豆。”

公鸡坐在那里一声不响，狐狸接下去唱：“孩子们跑哇跑，麦子撒了一地，母鸡把它们捡起来，就是不给公鸡……”

公鸡仍旧一声不响，于是狐狸接下去唱：“人们跑哇跑，核桃撒了一地，母鸡把它们捡起来，就是不给公鸡……”

公鸡把头探出窗口：“喔喔喔！干吗不给?！”

狐狸一把抓住它，带回自己的狐狸洞去，它走过黑幽幽的森林，走过急腾腾的河流，走过高耸耸的山头……

不管公鸡叫了又叫，喊了又喊，猫和画眉鸟都没有听见。等到它们回到家里来，才发现公鸡没有了。

猫和画眉鸟跟着狐狸的脚印走。猫在地上跑，画眉鸟在天上飞……它们来到狐狸洞口。猫调好了小提琴，拉起来了：“特令令，勃令令，金弦线的小提琴……狐狸妈妈在不在家中，在那热烘烘的狐狸洞？”

狐狸听了又听，心里想：“让我去看看这是谁吧，把小提琴拉得那么好，唱得那么甜。”

它于是爬出洞口。猫和画眉鸟一把抓住它——又捶又打。它们这样连捶带打的，直到它逃走了为止。

它们救出了公鸡，把它放在树皮编的篮子里，捧回家里去。

从此以后，它们太太平平地过日子，一直活到现在。

狐狸和狼

从前有个老头儿，有个老太婆。老头儿对老太婆说："老婆子啊，你去烤饼，我套好了雪橇打鱼去。"

老头儿打来一雪橇的鱼。他回家走到半路，看见一只小狐狸蜷起了身子，躺在路上。

老头儿下了雪橇走过来，那小狐狸躺在那里一动也不动，就跟死了一样。

"嗐，好一笔意外之财呀！我拿它给我的老婆子做皮大衣领子去。"

老头儿抓起狐狸，放在雪橇上，自己在雪橇前面走。

狐狸趁着这个当口，不慌不忙地把鱼扔出雪橇，扔了一条又一条，扔了一条又一条。

所有的鱼都扔完了，它自己也偷偷地溜走了。

老头儿一到家里，就对老太婆嚷："喂，老婆子，我给你带回来一条挺好的皮大衣领子哪！"

老太婆走到雪橇旁边；雪橇上既没有皮大衣领子，也没有鱼。她于是骂起老头儿来了："哼哼，你这老混蛋，原来是这么回事儿，还想骗我！"

老头儿这才明白过来，那小狐狸原来不是死的。他好伤心哪，他好难过啊，可是你说怎么办呢！

这时候，狐狸已经把所有的鱼在路上堆成一堆，坐在那里又吞又嚼了。

一只狼走过来："好哇，朋友，胃口好哇……"

"我吃我的，你站开点。"

"给我点儿小鱼吧。"

"你自己去打来吃好啦。"

"可是我打不来呀。"

"嗐嗐！我不是打来了吗？好朋友，你跑到河上去，在冰上找个窟窿把尾巴伸进去，坐在那里翻来覆去地说：'大鱼小鱼上钩哇，大鱼小鱼上钩哇！'这么着，鱼会自动咬住你的尾巴的。你坐得越久，鱼钓得也越多。"

狼走到河上，把尾巴伸进冰窟窿，坐在那里翻来覆去地说："大鱼小鱼上钩哇，大鱼小鱼上钩哇！"

狐狸靠近狼坐着，也翻来覆去地说："亮起来呀，亮起来呀，天上的星星，冻起来呀，冻起来呀，狼的尾巴！"

狼问狐狸说："朋友，你老嘀咕些什么呀？"

"我在帮你的忙，把鱼赶到你尾巴那儿。"

接着，它又自言自语地说："亮起来呀，亮起来呀，天上的星星，冻起来呀，冻起来呀，狼的尾巴！"

狼在窟窿旁边坐了一个通宵。它的尾巴叫冰冻住了。天快亮的时候，它打算站起来——可是站不起来。它心里暗想：“哈哈哈，鱼挂了有多少哇——拉也拉不起来！”

这时候，有一个老太婆挑了水桶出来担水。她看见了狼就嚷：“狼啊，狼啊！打狼啊！”

狼左拔右拔——尾巴总拔不出来。老太婆丢下水桶，拿扁担来揍它。她揍了又揍，狼拔了又拔，拔断了尾巴，拼着命逃走了。

“好极了，朋友，”它想，“我回头就跟你算账！”

可是狐狸溜进那个老太婆住的小房子，在面缸里吃了个饱，再拿和过的面擦在头上，跑到路上往地上一躺，就在那里唉声叹气。

狼碰见了它：“朋友，这就是你教我的打鱼的法子！瞧，她把我狠狠揍了一顿……”

狐狸对它说：“唉，好朋友！你没有了尾巴，脑袋还是完好的，可是我呢，脑袋被打破了。瞧吧——走起路来都很费劲。”

“你说得不错，”狼对它说，“朋友，你怎么能走呢？坐到我的背上来吧，我送你去。”

小狐狸坐在狼的背上。狼背着它走。

狐狸就这样骑着狼，一面走，一面低声唱歌：“挨打的背没挨打的！挨打的背没挨打的！”

“朋友，你老嘀咕些什么呀？”

“我吗？好朋友，我在念咒止你的痛哪。”

说着，狐狸只管翻来覆去地唱：“挨打的背没挨打的！挨打的背没挨打的！”

假腿的熊

从前有个老头儿，有个老太婆。他们种下了萝卜。熊老是来偷他们的萝卜。老头儿走去看看，只见许多萝卜给拔了出来，散了一地。

他回家把这件事情告诉老太婆。老太婆就对他说：“这是谁拔的萝卜呢？要是人，就把它们拿走了。这多半是熊捣的鬼！去吧，老头子，等小偷去吧。”

老头儿带了斧子去守夜。他在篱笆下面躺着。忽然有一只熊跑进来，动手就偷萝卜——它拔了整整一抱，然后翻篱笆爬了出去。

老头儿跳起来，把斧子扔过去，砍下了它的一条腿。老头儿自己溜走，躲了起来。

熊“哇啦哇啦”地喊叫，爬进了树林子。

老头儿捡起砍下来的熊腿，带回家去。

“喂，老婆子，烧吧。”

老太婆把熊腿的皮剥下来，肉拿去烧，再拔下熊皮上的毛，坐在熊皮上纺线。

这边老太婆纺线，那边熊用菩提树给自己做了一条假腿，朝老头儿老太婆的家来了。

熊一路走，假腿“嘎吱嘎吱”地响，它自言自语地说：“嘎吱嘎吱嘎吱，我蹬着菩提树做的腿，撑着白桦树做的拐杖，一个个村子里的人都睡了，一个个庄子里的人都睡了，只有一个老太婆醒着——坐在我的皮上，她拿我的肉来烧，拿我的毛来纺。”

老太婆听见这话，就说：“去呀，老头子，去把门拴起来吧，熊来了……”

可是熊已经走进过道，推开门，自言自语地说：“嘎吱嘎吱嘎吱，我蹬着菩提树做的腿，撑着白桦树做的拐杖，一个个村子里的人都睡了，一个个庄子里的人都睡了，只有一个老太婆醒着——坐在我的皮上，她拿我的肉来烧，拿我的毛来纺。”

老头儿跟老太婆害怕起来了。老头儿爬上床，躲在木槽下面，老太婆躲在暖炕上，披了一件黑汗衫。

熊爬进木头房子，东张西望地找老头儿跟老太婆，一不小心，掉进地窖里去了。

许多人聚过来，把熊打死了。

蜘蛛

古时候，在美丽的春天、温暖的夏天里，发生了这样一件讨厌的事情，在世界上，发生了这样一种灾难——那就是大蚊子和小蚊子出现了，它们咬人，吸人的血。

后来出现了一只蜘蛛——一个大胆的好汉。它几条腿一摇一摇的，编出了一些蜘蛛网，张挂在大蚊子小蚊子飞过的大街小路上。

一只苍蝇飞过，落进了蜘蛛网。蜘蛛于是动手打它，揍它，捏它的喉管。苍蝇哀求蜘蛛说："蜘蛛老爷子，你别打我，你别揍我：我家里留下了许多可怜的孩子——它们在院子里飞来飞去，逗着小狗儿玩哪。"

蜘蛛于是放了它。它飞走了，把这个消息传给所有的大蚊子小蚊子……

"喂，你们大蚊子小蚊子啊，快溜开，躲到白杨树的树皮下面去吧，现在出现了一个蜘蛛大侠，它那几条腿一摇一摇的，编出了一些蜘蛛网，张挂在大蚊子小蚊子飞来飞去的大街小路上哪。"

它们于是飞走了，躲到白杨树的大树皮下面去，像死了一样躺在那里……

蜘蛛走出来，找到一只蟋蟀、一只蟑螂、一只扁甲虫。

“你呀蟋蟀，坐到小土岗子上去抽旱烟；你呀蟑螂，去敲鼓；还有你呀，扁甲虫，钻到白杨树的树皮下面去——给我这英雄好汉蜘蛛大侠编出这么一首赞美歌来，说我已经不在人世了：我被押解到喀山，在喀山的断头台上给砍了脑袋，连断头台也裂开来了。”

蟋蟀坐在土岗子上抽旱烟；蟑螂敲了一下鼓；扁甲虫钻到白杨树的树皮下面去，说：“干吗一动不动地藏起来呀，干吗像死了一样躺在这里呀？那英雄好汉蜘蛛大侠已经不在人世啦：他被押解到喀山去，在喀山的断头台上给砍了脑袋，连断头台也裂开来了。”

大蚊子小蚊子开心得不得了，就动身向四面八方飞去，于是一个个落到了蜘蛛网里。

蜘蛛说：“你们早就该常常上我这里来玩儿了！”

深坑里的野兽

从前有一只公鸡，有一只母鸡。有一回下雹子。母鸡害怕了，就嚷："公鸡呀，公鸡呀！不好啦！贵族们来了，开枪了，放炮了，要打死咱们了！快逃吧！"

它们这就逃起来。逃哇，逃哇。一只兔子碰见了它们：

"公鸡呀，你跑到哪儿去呀？"

"唉，别问我了，问母鸡吧！"

"母鸡呀，你跑到哪儿去呀？"

"贵族们来了，开枪了，放炮了，要打死咱们了！"

"带我一块儿走吧！"

于是它们三个一块儿逃走。狐狸碰见了它们：

"小兔子呀，你跑到哪儿去呀？"

"别问我了，问公鸡吧！"

"公鸡呀，你跑到哪儿去呀？"

"唉，别问我了，问母鸡吧！"

"母鸡呀，你跑到哪儿去呀？"

"贵族们来了，开枪了，放炮了，要打死咱们了！"

"带我一块儿走吧！"

于是它们四个一块儿逃走。狼碰见了它们：

“狐狸呀，你跑到哪儿去呀？”

“别问我了，问小兔子吧！”

“小兔子呀，你跑到哪儿去呀？”

“别问我了，问公鸡吧！”

“公鸡呀，你跑到哪儿去呀？”

“唉，别问我了，问母鸡吧！”

“母鸡呀，你跑到哪儿去呀？”

“贵族们来了，开枪了，放炮了，要打死咱们了！”

“带我一块儿走吧！”

于是它们五个一块儿逃走。熊碰见了它们：

“狼呀，你跑到哪儿去呀？”

“别问我了，问狐狸吧！”

“狐狸呀，你跑到哪儿去呀？”

“别问我了，问小兔子吧！”

“小兔子呀，你跑到哪儿去呀？”

“别问我了，问公鸡吧！”

“公鸡呀，你跑到哪儿去呀？”

“唉，别问我了，问母鸡吧！”

“母鸡呀，你跑到哪儿去呀？”

“贵族们来了，开枪了，放炮了，要打死咱们了！”

“带我一块儿走吧！”

于是它们六个一块儿逃走。走哇走哇，它们全掉进一个深坑里去了。它们在坑里坐了好大一会儿，想吃东西了，可是又出不来。

于是狐狸开口啦：“咱们来问名字吧！谁的名字最坏，咱们就吃了它。”

说着，狐狸唱起来了：“熊啊熊——好名字。狐狸呀狐狸——好名字。狼啊狼——好名字。兔子啊兔子——好名字。公鸡呀公鸡——好名字。母鸡呀母鸡——坏名字！”

于是母鸡被它们吃了下去。

过了不多一会儿——它们又想吃了。狐狸唱着说：“熊啊熊——好名字。狐狸呀狐狸——好名字。狼啊狼——好名字。兔子啊兔子——好名字。公鸡呀公鸡——坏名字！”

公鸡被吃掉了。

它们坐了一会儿，又想吃了。狐狸唱着说：“熊啊熊——好名字。狐狸呀狐狸——好名字。狼啊狼——好名字。兔子啊兔子——坏名字！”

兔子被吃掉了。过了不知道多少时候，它们又想吃了。狐狸唱着说：“熊啊熊——好名字。狐狸呀狐狸——好名字。狼啊狼——坏名字！”

熊把狼撕开，跟狐狸分着吃。狐狸吃了一些，藏起了一些。它们坐着坐着，又饿了。狐狸偷偷地吃藏着的一些肉，熊于是问啦：

“小狐狸呀，你在嚼什么呀？”

“我把自己的肠子拉出来吃哪。”

“你怎么把它拉出来的？”

“刨开肚子，不就拉出来了吗？”

熊相信它的话，就刨开了自己的肚子。

狐狸自个儿留在坑里了。过了不多一会儿，一只山雀飞过。狐狸大声叫它：

“山雀呀，搭救我出去吧！”

“我有什么法子搭救你呢？”

“把树枝丢到坑里来就成啦！”

山雀把树枝丢进坑里，狐狸这就出了坑，自由自在了。

狐狸和画眉鸟

画眉鸟在树上盖了个小窝，生下了小蛋，孵出了小宝宝。狐狸知道了这件事情。它跑过来用尾巴在树上笃笃笃地敲个不停。

画眉鸟从小窝里探出头来张望，狐狸对它说："我要用尾巴把树砍下来，把你这画眉鸟吃掉，把你那些小宝宝也吃掉！"

画眉鸟很害怕，就苦苦地哀求狐狸，苦苦地恳求狐狸："亲爱的狐狸妈妈，你别砍树，别要我乖乖们的性命吧！我请你吃饼，吃蜜糖。"

"好，你请我吃饼吃蜜糖——我就不砍树了！"

"那么你跟我到大路上去吧。"

狐狸和画眉鸟于是动身到大路上去：画眉鸟在上面飞，狐狸在下面跟着它跑。

画眉鸟看见一个老太婆带了个孙女在路上走，手里拿着一篮饼和一瓶蜜糖。

狐狸躲起来，画眉鸟落到路上，在地上跑，装出飞不起来的样子：它从地上飞起来又落下去，飞起来又落下去。

孙女对奶奶说：

“咱们来捉住这小鸟儿吧。”

“咱们婆孙俩怎么捉得住它呢？”

“总得想个办法捉住它呀。瞧，它有一只翅膀断了。好漂亮的一只小鸟儿！”

老太婆和孙女把篮子和瓶子放在地上，跑去捉画眉鸟。

画眉鸟引她们离开篮子和瓶子。狐狸不错过机会，连忙上前把饼和蜜糖吃了个痛快，又藏起了一些。

画眉鸟于是飞起来，飞回自己的小窝里去。

可是狐狸马上又上门了——用尾巴在树上笃笃笃地敲：“我要用尾巴把树砍下来，把你这画眉鸟吃掉，把你那些小宝宝也吃掉！”

画眉鸟从小窝里探出身子来，苦苦地哀求狐狸，苦苦地恳求狐狸：“亲爱的狐狸妈妈，你别砍树，你别要我乖乖们的性命吧！我请你大喝一顿麦酒。”

“好，咱们快走吧。我吃了一顿又丰盛、又好吃的大菜，倒很想喝点儿酒！”

画眉鸟飞到大路上去，狐狸跟在后面跑。

画眉鸟看见一个庄稼人坐车子走过，带了一桶麦酒。画眉鸟飞过去：一会儿在马身上坐坐，一会儿在酒桶上歇歇。庄稼人气得想打死它。画眉鸟坐在木桶塞子上，庄稼人一斧子敲下去——酒桶上的塞子被敲下来了。他自己却只顾去追画

眉鸟。

酒从木桶里流到路上来。狐狸爱喝多少就喝多少，喝了个饱，跑掉了，一路上啦啦啦地唱起歌来。

画眉鸟飞回自己的小窝。狐狸马上又上门了——用尾巴在树上笃笃笃地敲。

“画眉鸟哇画眉鸟，你请我吃过啦？”

“我请你吃过了！”

“你请我喝过啦？”

“我请你喝过了！”

“那么现在你逗我笑吧，你要不逗我笑，我就用尾巴把树砍下来，把你这画眉鸟吃掉，把你那些小宝宝也吃掉！”

画眉鸟带狐狸走进一个村子。它看见一个老太婆在挤牛奶，一个老头儿在她旁边编草鞋。

画眉鸟落到老太婆的肩膀上。老头儿说：“喂，老婆子，你别动，我来打死这画眉鸟！”他一拳头打在老太婆的肩膀上，并没有打中画眉鸟。

老太婆摔了一跤，一桶牛奶全被打翻了。老太婆跳起来，把老头儿一顿臭骂。

狐狸笑那个傻老头儿，笑了好半天。

画眉鸟飞回自己的小窝。它还没来得及喂自己的孩子，狐狸又跑来用尾巴在树上笃笃笃地敲了！

“画眉鸟哇画眉鸟，你请我吃过啦？”

“我请你吃过了！”

“你请我喝过啦？”

“我请你喝过了！”

“你逗我笑过啦？”

“我逗你笑过了！”

“那么你现在吓吓我吧。”

画眉鸟很生气，就说：“你闭上眼睛，跟我来吧！”

画眉鸟飞呀飞、飞呀飞——喳喳地叫，狐狸跟着它跑——没有睁开眼睛。

画眉鸟把狐狸一直带到猎人的地方：“喂，狐狸，你现在开始惊慌吧！”

狐狸睁开眼睛看见猎狗，连忙回身就逃。可是猎狗紧紧追过来。它好容易才逃回自己的狐狸洞。

它爬进狐狸洞，歇了一会儿，就问起来了：

“我的小眼睛啊小眼睛，你们干什么来啦？”

“我们望着，不叫猎狗吃掉狐狸。”

“我的小耳朵啊小耳朵，你们干什么来啦？”

“我们听着，不叫猎狗吃掉狐狸。”

“我的小腿啊小腿，你们干什么来啦？”

“我们跑路，不叫猎狗捉住狐狸。”

“还有你，我的小尾巴，你干了些什么呢？”

“我小尾巴吗？一路在树干、树丛、木头之间甩来甩去，

碍着你走路。”

狐狸生尾巴的气，把它伸出洞口。

“拿去吧，猎狗，吃了我的尾巴吧！”

几只狗一口咬住狐狸的尾巴，把狐狸从洞里拖了出去。

狐狸和大虾

一只狐狸对一只大虾说：

“咱们来一场赛跑好不好？”

“好，狐狸，来吧。”

它们于是赛起跑来了。

狐狸撒开了腿飞跑，大虾用钳子夹住狐狸的尾巴。

狐狸跑到目的地，回过身来看，得意扬扬地摇摇尾巴，大虾放开钳子，在狐狸背后叫道：

“我在这儿等了你好大一会儿啦。”

狐狸和松鸡

狐狸在树林里跑，看见树上有一只松鸡，就对它说：

"好松鸡呀好松鸡！我到城里去过啦。"

"布——布——布，布——布——布！去过就去过吧。"

"好松鸡呀好松鸡！我听到了一道命令啦。"

"布——布——布，布——布——布！听到就听到吧。"

"说是你们松鸡全不许坐在树上，都得在青草地上走。"

"布——布——布，布——布——布！走就走吧。"

"好松鸡呀好松鸡！谁在那边走着啊？"

"布——布——布，布——布——布！一个庄稼人。"

"好松鸡呀好松鸡！谁跟在庄稼人后面跑哇？"

"布——布——布，布——布——布！一匹小马。"

"好松鸡呀好松鸡！它的尾巴是怎么样的呀？"

"像个钩子[①]似的。"

"好，那么再见啦，好松鸡，我家里忙得很哪。"

---

① 马的尾巴不像钩子，狗的尾巴才像钩子。这里是说狗来了。

狐狸和公鸡

好童话好小说不以灰色马开头，不以棕色马开头，不以忠心的土黄色马开头，不以好汉的口哨开头，不以乡下女人的喊叫开头。这几句话还不是故事，不过是开场白罢了，故事还在后头哪。

一只狐狸走进一个贵族的院子，想到牛栏里去吃小牛，想到鸡窝里去吃小鸡，想到羊圈里去吃小羊，想到猪窝里去吃小猪。

贼公鸡看见了狐狸，马上拍翅膀叫起来——把整个院子都吵遍了。

所有的人聚过来：老太婆们带了锄头和拨火棍；老头儿们带了大斧头和秤杆；小孩子们带了搅拌棒和棍子——他们都想打狐狸。

狐狸好不容易才逃了出来，跑进树林子，倒在赤杨树的矮林子下面，整整躺了三天。

公鸡到田野上去，飞到高高的树上坐着。

狐狸爬起来，在田野上走。它从那棵树下走过，一抬起头，就看见公鸡坐在树上。

“怎么啦，贼公鸡，你是飞着玩儿呢，还是来监视我们野兽呢？”

“啊，狐狸妈妈！我是飞着玩儿，不是来监视的。”

“怎么啦，贼公鸡！你在那高高的树上，不忏悔是会死的。你下来忏悔吧，你的灵魂里罪过多得很哪。”

公鸡被它这两句话说动了，就从大树枝跳下大树枝，从小树枝跳下小树枝，从小树干跳下小树干，一步一步下来。它到了地面，就坐在狐狸面前。

狐狸向公鸡扑过来，用爪子把它一把抓紧，抹平它翅膀上的毛，一面摇晃它一面说：“好哇，贼公鸡！当我饿得要死的时候，我到有钱的贵族的院子里去，想弄点儿东西吃吃，难道他有什么大损失吗？可是那时候，你却第一个张开喉咙叫！”

公鸡回答它说：“嘿，狐狸妈妈，女侯爵啊女皇帝！大家都认识你，商人和贵族都看得起你，他们拿你缝皮袍子，过节日子穿到身上去。可是我呢，渺小得很：我一辈子就跟着一个女主人——只侍候她一个人。”

“贼公鸡！你别说笑话了！”

说着，狐狸把公鸡摇晃得更厉害。

公鸡又说：“嘿，狐狸妈妈，女侯爵啊女皇帝！我住在你家里，一心一意地侍候你怎么样！你烤饼，我就去卖饼，我还会唱歌哪。咱们的好名声，这就传开来啦……”

狐狸松了爪子。公鸡挣脱身体，飞到树上去，飞得比原先还要高：“喂，狐狸妈妈，亲爱的女伯爵啊女皇帝，你的饼甜吗？你不想吃核桃吗？你别嗑崩了牙齿吧！”

狐狸不仅丢了吃的东西，还吃了个苦头走了。

狐狸和仙鹤

一只狐狸跟一只仙鹤交情很好。

有一回狐狸想请仙鹤吃饭，就去请它：“老朋友，来呀，好朋友，来呀！我来请请你！”

仙鹤于是去吃酒席。狐狸烧好了麦粉粥，倒在一只盆子里，端出来请仙鹤吃：“吃吧，亲爱的朋友——这还是我亲手烧的呢。”

仙鹤用嘴巴笃笃笃地啄盆子，啄了又啄——一点儿也没吃进肚子。

狐狸只管自己舐粥，麦粉粥一下子都被它吃光了。

它吃光以后说：“老朋友，别见怪！别的没有什么请你了。”

仙鹤回答它说：“朋友，单是这些，我已经很感谢你了！你也上我家去吃一顿吧。”

第二天狐狸来看仙鹤，仙鹤准备了果子露，用窄脖子的瓶子盛着，放在桌子上，说：“吃吧，老朋友！说实在话，别的没有什么请你了。”

狐狸起初在瓶子的四周团团转。它转过来，转过去，舐舐，闻闻——没办法吃得着：脑袋又伸不到瓶子里去。

仙鹤只管自己啄了又啄，把果子露吃个精光。

“喂，别见怪呀，朋友！别的没有什么请你了。”

狐狸满肚子别扭。它本来想大吃一顿，饱它一个礼拜，可是现在呢——肚子空空地回家去了。这叫一报还一报。

从此以后，狐狸和仙鹤的交情就断了。

仙鹤和鹭鹚

猫头鹰飞起来了——那快活的家伙。

它飞呀飞的，坐下来，蜷起了小尾巴，左面瞧瞧，右面瞟瞟，重新又飞起来了——飞呀飞的，坐下来，蜷起了小尾巴，左面瞧瞧，右面瞟瞟，重新又飞起来了——飞呀飞，飞呀飞……

上边说的是开场白，故事是这么一回事：

从前，在一块沼泽地里住着一只仙鹤、一只鹭鹚。它们在沼泽地的两头搭起了窝棚。仙鹤自个儿待得不耐烦了，就想娶个媳妇。

“我去向鹭鹚求婚吧！”

说着，仙鹤就去了。它在沼泽地的烂泥上走了几里路。

它到了鹭鹚的家，说：“鹭鹚在家吗？”

“在家。”

“你出来嫁给我吧！”

“不行，仙鹤啊，我才不嫁你呢：你的腿那么长，衣服又那么短，飞得不好，又养不活我，你快走吧，长腿鬼！”

仙鹤于是垂头丧气地回家去了。

后来鹭鹚变了卦，心里想："嫁给仙鹤，总比自个儿过日子强啊。"

说着它走到仙鹤那儿去跟它说："仙鹤啊，娶了我吧！"

"不，鹭鹚，我不需要你！我不想结婚，我不要娶你。去你的吧！"

鹭鹚难为情地哭起来，回家去了。

鹭鹚走了以后，仙鹤变卦了："不娶鹭鹚是没道理的！自个儿过活总是闷的不是？"

它来到鹭鹚家里，对它说："鹭鹚啊！我想娶你了，嫁给我吧！"

"不，仙鹤啊，我不要嫁你！"

仙鹤回家去了。这时候鹭鹚又变卦啦："为什么不答应呢？干吗自个儿过日子啊？还是去嫁仙鹤吧。"

它来向仙鹤求婚，可是仙鹤又不愿意了。

就这样，它们一直到今天还是你来我往的，求婚求了又求，可是怎样也结不成婚。

猫和狐狸

从前有一个庄稼人。这庄稼人有一只猫，可是真倒霉，这猫是个坏东西！它叫人烦得要命。庄稼人想了又想，想了又想，于是把猫抓起来放进布口袋，带到树林子里去。他来到树林子里，就把它倒出来——让它在那里流落。

这猫走了又走，碰到一间小房子。它爬上顶楼躺下来。可是它想吃东西了——就走到树林子里去捉鸟儿，捉耗子，吃了个饱——再回到顶楼上来，无忧无愁的！

有一回这猫出去散步，碰见了一只狐狸。狐狸看见了猫，心里很奇怪："我在这树林子里住了多少年了，这样的野兽可没见过！"

狐狸给猫鞠了个躬，问它说："告诉我吧，好汉子，你是谁呀？你怎么到这儿来的，请问尊姓大名？"

猫弓了弓背，回答它说："我的名字叫柯托菲·伊凡诺维奇，我是从西伯利亚的森林派到这儿来做你们的总督的。"

"嗐，柯托菲·伊凡诺维奇！"狐狸说，"你的事情，我从来不知道，也没听说过。喂，上我家去坐会儿吧。"

这猫就上狐狸家去了。狐狸领它走进自己的狐狸洞，请它吃各式各样的野味，不住地问它：“柯托菲·伊凡诺维奇，你是成过亲的还是独身的？”

“独身的。”

“我狐狸呀，倒也是个大姑娘。那么你娶了我吧！”

猫答应了，它们大吃了一顿。

第二天，狐狸出去弄吃的，猫待在家里。

狐狸跑来跑去，捉到了一只鸭子。它把鸭子带回家，一只狼碰见了它：“狐狸，站住！把鸭子给我！”

“不行，不给！”

“好，我自己来抢。”

“我去告诉柯托菲·伊凡诺维奇，它会要你的命的！”

“柯托菲·伊凡诺维奇是谁呀？”

“难道你没听说过吗？柯托菲·伊凡诺维奇是从西伯利亚的森林派到这儿来当总督的！我从前是狐狸姑娘，现在呢，我可是这位总督的夫人了。”

“没有听说过，没有听说过，伊凡诺维奇太太。我有什么法子可以见见它呢？”

“哼！我那柯托菲·伊凡诺维奇的脾气可坏着哪：谁不中它的意，它就马上把谁吃下去！你准备一只羊，给它送个礼吧：你把羊放在看得见的地方，自己躲起来，别叫它看见你，要给它看见哪，兄弟，你可就糟糕了！”

狼跑去找羊，狐狸只管自己回家。

狐狸在路上走，一只熊碰见了它：

“狐狸，站住，鸭子拿去给谁？给我吧。”

“走吧，老熊，要不走哇，我告诉柯托菲·伊凡诺维奇，它会要你的命的！”

“柯托菲·伊凡诺维奇是谁呀？”

“就是从西伯利亚的森林派到咱们这儿来当总督的那一位呀。我先前是狐狸姑娘，现在我可是咱们的总督——柯托菲·伊凡诺维奇——的夫人了。”

“可以见见它吗，伊凡诺维奇太太？”

“嗨！我那柯托菲·伊凡诺维奇的脾气可坏着哪：谁不中它的意，它马上就把谁吃下去。你去弄只公牛，给它送个礼吧。小心点儿，要把公牛放在看得见的地方，自己躲起来，别叫柯托菲·伊凡诺维奇看见你，要给它看见哪，你可就糟糕了！”

熊去找公牛，狐狸只管自己回家。

狼把羊带来了，剥下它的皮，站在那里拿主意。它看见熊背了一头公牛出来。

“好哇，米哈依洛·伊凡诺维奇！”

“好哇，列万老弟！怎么样，你没见过狐狸两口子吗？”

“没有，米哈依洛·伊凡诺维奇，我正在这儿等着它们哪。”

“你上它们家去叫叫它们吧。”熊对狼说。

“不，我不去，米哈依洛·伊凡诺维奇。我不大灵活，还是你去比较好。”

“不，我不去，列万老弟，我的毛乱蓬蓬，身体胖大大的，怎么好去呢！”

不知道打哪儿忽然跑来了一只兔子。狼和熊马上喊住它：“这儿来，兔子！”

兔子于是蹲下来，垂下了耳朵。

“兔子，你利落得很，脚步也快；你跑到狐狸家里去，告诉它说：‘米哈依洛·伊凡诺维奇老熊跟列万·伊凡诺维奇老狼早就准备好了，就等着你跟你的丈夫——柯托菲·伊凡诺维奇，想送上羊跟公牛哪。’”

兔子拼着命跑到狐狸家去。这边熊和狼拿主意，到底躲在什么地方好。

熊说：“我爬上松树。”

狼对它说：“我躲到哪儿去好呢？树我又爬不上去。你把我藏到什么地方去吧。”

熊把狼藏在矮林子里，用干树叶子盖好，自己爬上松树，爬到树顶，看柯托菲·伊凡诺维奇和狐狸来了没有。

正在这时候，兔子来到狐狸洞：“米哈依洛·伊凡诺维奇老熊跟列万·伊凡诺维奇老狼派我来说，它们等你和你的丈夫，已经等了好大一会儿了，想把牛和羊送给你们。”

“走吧，兔子，我们马上就来。”

猫和狐狸来了。熊看见它们，就对狼说：“这总督柯托菲·伊凡诺维奇多么小哇！”

猫马上跳到牛身上，竖起了毛，开始用牙齿、用爪子去撕牛肉，只管咕噜咕噜叫，仿佛生气的样子：“喵，喵！……”

熊又对狼说：“小个子，大饭量！这东西我们四个都吃不下，可是它一只猫吃下去还嫌少。它说不定还要吃咱们哪！”

狼很想见见柯托菲·伊凡诺维奇，可是被树叶子挡住了，看不见。狼轻轻地拨开树叶子。猫听见树叶子沙沙响，以为是耗子，就这么纵身一跳——用爪子照直抓住狼的嘴和鼻子。

狼吓了一跳，拔脚就逃。

猫自己也害怕了，于是爬到树上去，熊正坐在那上面。

“哎呀，”熊心里想，“它看见我了！”

熊来不及爬，连忙从树上一跳就跳了下来，连五脏也跌坏了，它重新跳起来逃走了。可是狐狸在后面嚷：“跑哇，跑哇，别叫它把你们撕碎了！”

从此以后，所有的野兽都怕这猫。猫和狐狸准备好了过冬的肉，一天一天过下来。它们现在还活着哪。

老头儿和狼

老头儿和老太婆有一个儿子，有一个女儿，有一只公鸡，有一只母鸡，有五只绵羊，有一匹马。

一只饿狼跑到小房子前面来高声大叫：

“老头儿、老太婆，住在一座小山上，住的一间小泥房。老头儿、老太婆——有儿子，有女儿，有公鸡，有母鸡，有五只绵羊，有一匹马。小皮靴在小儿子的脚底下蹬，小耳环在小女儿的耳朵上挂！老头儿啊老头儿，公鸡母鸡给我便罢，要不给我啊，哼哼，吃了你的老太婆！”

老头儿舍不得公鸡母鸡，可是——有什么办法呢——就把它们给了饿狼。

第二天，狼又来了：

“老头儿、老太婆，住在一座小山上，住的一间小泥房。老头儿、老太婆——有儿子，有女儿，有五只绵羊，有一匹马。小皮靴在小儿子的脚底下蹬，小耳环在小女儿的耳朵上挂！老头儿啊老头儿，绵羊给我便罢，要不给我啊，哼哼，吃了你的老太婆！”

老头儿舍不得绵羊，但更舍不得老太婆，就把绵羊给了狼。

第三天，狼又来了：

“老头儿、老太婆，住在一座小山上，住的一间小泥房。老头儿、老太婆——有儿子，有女儿，有一座茅草盖的马房，里面关着一匹马。小皮靴在小儿子的脚底下蹬，小耳环在小女儿的耳朵上挂！老头儿啊老头儿，马给我便罢，要不给我啊，哼哼，吃了你的老太婆！”

老头儿把马给了狼。第二天早晨，狼又来了：

“老头儿、老太婆，住在一座小山上，住的一间小泥房。老头儿、老太婆——有儿子，有女儿，小皮靴在小儿子的脚底

下蹬，小耳环在小女儿的耳朵上挂！老头儿啊老头儿，儿子跟女儿给我便罢，要不给我啊，哼哼，吃了你的老太婆！”

老头儿多么宝贝儿子跟女儿，于是顺手抓起一根拨火棍跑去赶那狼。他揍了又揍，把那狼的肚子揍得裂开来了，里面跳出一匹马，接着跳出五只绵羊，又跳出公鸡，跳出母鸡。

老太婆怎样捡到了一只草鞋

老太婆一路走来，捡到了一只草鞋。她走进一个村子，恳求说：“请您让我住一晚上吧！”

“好，住吧——睡觉的地方是不能随身带的。”

“可是我把草鞋放到哪儿去呢？”

“放在长凳子底下吧。”

“不行，我的草鞋在鸡窝里待惯了。”

她于是把草鞋跟母鸡放在一块儿。

第二天早晨，她起来就说：“我的母鸡在哪儿啊？”

“什么话，老婆婆，”庄稼人对她说，“你不是只有一只草鞋吗？”

“不对，我有一只母鸡！你要是不愿意给我，我就到公堂去告你！”

这一来，庄稼人就把母鸡给了她。

老太婆继续一路往前走。她走了又走，天又黑了。她走进一个村子，恳求说：“请您让我住一晚上吧！”

“住吧，住吧——睡觉的地方是不能随身带的。”

“可是我把母鸡放到哪儿去呢？”

“让它跟我们的母鸡关在一块儿过夜吧。”

“不行，我的母鸡跟——跟鹅待惯了。”

于是她把母鸡跟鹅放在一块儿。

第二天她一起来就说：“我的鹅在哪儿啊？”

“你的什么鹅啊？你不是只有一只母鸡吗？”

“不对，我有一只鹅！你把鹅给我便罢，要是不给，我就到贵族那里去告你！”

庄稼人把鹅就给了她。

老太婆带了鹅，继续一路往前走。天又黑了。老太婆去借住一晚上，又问：“可是您让我的鹅在哪儿过夜呢？”

“让它跟我们的鹅关在一块儿好了。”

“不行，我的鹅跟绵羊待惯了。”

“那么，你就把它跟绵羊关在一块儿吧。”

老太婆于是把鹅跟绵羊放在一块儿。

过了一夜，早上她问：“把我的绵羊给我！”

“什么话，什么话，你不是只有一只鹅嘛！”

“不对，我有一只绵羊！你不给我绵羊，我就到省长那里去告你！”

没有办法——庄稼人把绵羊就给了她。

她带了绵羊，继续一路往前走。天又黑了。她去借住一晚上，说：“在家的时候，我这绵羊跟牛待惯了，把它和你们的牛关在一块儿过一晚上吧。”

“好吧，就让它跟牛过一晚上吧。”

早上老太婆一起来：“我的小牛在哪儿啦？”

“什么小牛？你不是只有一只绵羊吗！”

“你什么也不知道！我有一只小牛！你把小牛给我便罢，要是不给，我就到最高的国王那里去告你！”

主人伤心了一阵——没有办法，就把小牛给了她。

老太婆把小牛套在雪橇前面，她坐着雪橇一路走一路唱：“草鞋换来一只鸡，母鸡换来一只鹅，公鹅换来一只羊，绵羊换来一只牛……走哇走哇小公牛，走哇走哇小草包，雪橇不是我们的，牛轭不是自己的，别站住哇——快快跑吧……”

一只狐狸向她走过来：“带我走吧，奶奶！”

“坐到雪橇上来吧。”

狐狸坐上雪橇，和老太婆一块儿唱起来了……

“走哇走哇小公牛，走哇走哇小草包，雪橇不是我们的，牛轭不是自己的，别站住哇——快快跑吧……”

一只狼走过来：“奶奶，让我上雪橇吧！”

“坐上来吧。”

狼坐上去了。她们三个一块儿唱起来……

“雪橇不是我们的，牛轭不是自己的，别站住哇——快快跑吧……”

熊走过来：“让我上雪橇吧！”

“坐上来吧。”

熊一屁股坐在雪橇上，压断了车杠。老太婆说："狐狸，你到树林子里去，带一根车杠回来！"

狐狸走进树林子，带回来一根白杨树树枝。

"白杨树树枝不适合做车杠。"

老太婆吩咐狼去。狼走进树林子，带回来一段弯弯曲曲、霉了的白桦树。

"弯弯曲曲、霉了的白桦树不适合做车杠。"

老太婆吩咐熊去。熊走进树林子，拔起一棵大枞树——好不容易才把它带回来。

老太婆生气了，于是亲自去找车杠。

她刚走开，熊就扑到小牛身上去把它压死了。狼剥下它的皮。狐狸吃掉它的肠子。接着熊啰、狼啰，还有狐狸啰用草塞在牛皮里面，让它站在雪橇旁边，它们只管自己溜走了。

老太婆带了车杠从树林子里回来，把它装好，坐上雪橇，唱道："走哇走哇小公牛，走哇走哇小草包，雪橇不是我们的，牛轭不是自己的，别站住哇——快快跑吧……"

可是小牛一动也不动。她用鞭子去抽小牛，小牛倒下来了。老太婆这才明白，小牛只剩了一张皮。

老太婆哭起来了，只好独自一个人上路了。

大牙齿梭鱼的故事

夏至那天晚上，谢克斯娜河里生下了一条梭鱼，这条梭鱼的牙齿可真大，哎呀我的老天爷。

鲷鱼、鲈鱼、鲥鱼都围过来看它，对于这么个怪物，大家都觉得惊奇："生下来一条牙齿好大的梭鱼呀！"

这条鱼不是一天一天地长大——而是一个钟头一个钟头地长大：它每天长一寸。

梭鱼在谢克斯娜河里游来游去，捉鲥鱼，捉鲈鱼：它远远看见一条鲷鱼，就过去把它一口捉住——鲷鱼不见了，只有骨头在梭鱼的牙齿中间骨碌骨碌响。

谢克斯娜河里就出了这样一件糟糕的事情！

鲥鱼和鲈鱼怎么办呢？它们很忧愁：梭鱼吃一切鱼，要一切鱼的性命。

所有的小鱼聚起来动脑筋：该怎样除掉这条罪大恶极的大牙齿梭鱼呢？

鲥鱼尧尔施·尧尔萧维奇来了，它急急忙忙地说："办法想尽，头也想裂了，你们大家听我说吧。现在咱们大伙儿在谢克斯娜河里很忧愁，还是搬到小河里去住比较好——像西兹马河啰、柯诺马河啰、斯拉温卡河啰，到了那边，谁也不碰咱们，咱们就可以快乐地过日子了。”

所有的鲥鱼、鲷鱼、鲈鱼从谢克斯娜河出发到小河里去——像西兹马河啰、柯诺马河啰，还有斯拉温卡河啰，等等。

它们一路游的时候，狡猾的渔夫用钓竿把它们弟兄钓去不少，烧成了鱼汤。从那时候起，谢克斯娜河里小鱼少得简直没有了。大牙齿梭鱼到处奔走，到头来自己也免不了遭殃。

因为没有小鱼，梭鱼就去咬小虫，于是上了鱼钩。渔夫把它烧成了鱼汤，一面吃一面赞不绝口：这样的鱼汤味道好极了。

我也在那地方，一块儿吃的鱼汤，鱼汤顺着胡子流，总流不到嘴里头。

松鸡的小小故事

松鸡想要盖一座小房子。

它想了又想，想了又想："没有斧子，没有铁匠——找不到人打斧子。"

没有人给松鸡盖小房子。

"我干吗要一座房子呢？一个晚上，我什么地方不好去呀！"

它一骨碌钻到雪里去了[①]！

它在雪里过了一晚上，第二天大清早起床，在自由自在的天地里飞翔，大声急促地喊嚷，为了找个同伴，它东张西望。它落到地上来，碰到了一个同伴。

它们一块儿玩，在树木之间散步游戏，它们找了块小地方盖个小窝生下小蛋，孵出了小松鸡。

它们带着小松鸡们在广阔的田野上走动，喂它们吃小虫。它们把小松鸡带到自由自在的天地里去，在自由自在的天地里飞翔。冬天呢，它们又在雪里过夜。

---

① 松鸡冬天是住在雪里的。

“一个晚上，我什么地方不好去呀！在小白桦树上坐坐，在广阔的田野上瞧瞧，欢迎美丽的春天，‘叽叽喳喳’地叫叫，这比盖一座房子要好多了！”

狐狸怎样学飞

一只仙鹤碰见一只狐狸：

“怎么样，狐狸，你会飞吗？”

“不，不会。”

“你坐到我身上来吧，我教你。”

狐狸于是坐到仙鹤身上去。仙鹤背着它飞得高高的。

“怎么样，狐狸，看得见地面吗？”

“勉强看得见：地面看起来像一张羊皮似的！”

仙鹤把它从背上抖下来。

狐狸掉在一块很软的地方，掉在一个干草堆上。

仙鹤飞下来：

“喂，怎么样，狐狸，会飞了吧？”

“飞嘛是会了——降落下来可不容易！”

“你再坐到我身上来吧，我教你。”

狐狸坐在仙鹤身上。仙鹤把它背得比上次还要高，再把它从背上抖下来。

狐狸落在沼泽地上，陷到泥里三俄丈[1]深的地方。

就这样，狐狸没有学会飞。

---

① 一俄丈约合 2.2 米。

气球、稻草和草鞋

从前有一个气球，有一根稻草，有一只草鞋。

有一天，它们上树林子里去砍柴。它们来到一条河边，不知道怎样过去才好。

草鞋对气球说：

“气球哇，你背着我们游过去吧！”

“不行啊，草鞋！还是让稻草搭在河的两边，我们从它身上过去的好。”

稻草于是从河的这边搭到河的那边。草鞋在稻草身上走，稻草“啪”的一下断了，草鞋于是摔到水里去了。

气球哇哈哈大笑，笑哇笑的，“砰”的一声也爆了。

灰额猫、山羊和绵羊

从前，一个院子里有一只山羊和一只绵羊，它们相亲相爱地过日子：有一点儿干草也互相平分。主人要打谁总是打猫！猫是这样一个小偷和坏蛋，什么东西没放好，它就肚子难过，想偷吃了。

有一回，山羊和绵羊躺着谈心。灰额的咕噜小猫不知道打哪儿钻出来了，哭得挺伤心的。

山羊和绵羊问它：

“小猫哇，小灰额啊，你为什么哭，为什么三只脚跳哇？”

“我怎么不哭呢？女主人打了我一顿，拉破了我的耳朵。她还打伤我的腿，发誓说要绞死我。”

“你犯了什么过错，她要这样把你弄死呢？”

“她要弄死我，因为我舐光了酸奶油！”

咕噜猫说着又哭起来了。

“小猫哇，小灰额啊，你还哭什么呢？”

“我怎么不哭呢？那娘们儿打了我一顿，还说：‘女婿要来了，上哪儿去弄酸奶油呢？没法子，只好杀山羊和绵羊了！’”

山羊和绵羊这一下可咆哮起来了：

“哼，你这灰额猫，你这糊涂脑袋！凭什么你要害死我们哪？好，我们顶死你！”

咕噜猫于是认错，求它们饶了它。山羊和绵羊饶了它，三个一块儿动脑筋：如何是好呢，该怎么办呢？

“喂，二哥，”猫问绵羊说，“你的脑门不是很结实吗？你去顶开院子门吧。”

绵羊跳起来飞跑上前，用脑门去顶院子门——院子门是摇动了，可是没有被顶开。

“喂，大哥，”猫问山羊说，“你的脑门不是很结实吗？你去顶开院子门吧。”

山羊跳起来飞跑上前，用力一顶——院子门被顶开了。

灰尘朝上升，青草往下倒，山羊绵羊向前跑，灰额猫用三条腿跟在它们后面跳。

猫跑累了，就求它的两个结拜弟兄：

“山羊啊，绵羊啊，别丢了小弟弟呀……”

山羊捧起小猫，把它放在背上，它们跑过山岗，跑过草地，跑过流沙。

它们只要脚上还有力气，就不分昼夜地跑，跑了好久。

这时候，它们来到一块很险峻的地方——一块可以停留的地方。岩壁下面有一块被割过的田地，田地上堆着干草，堆得像一座城市似的。

山羊、绵羊和小猫停下来休息。

这是个冷冰冰的秋夜。上哪儿去取火呢？山羊和绵羊尽力想，可是灰额猫已经把白桦树树皮带回来了，它扭转山羊的角，吩咐它去跟绵羊脑门撞脑门。

山羊和绵羊用力一撞——火花打脑门间爆出来——白桦树树皮于是被点着了。

它们生起了火，坐下来烤火。

它们还没有来得及烤火——瞧哇，来了一个不速之客——一只熊：

“让我烤烤火，休息休息行不行，我没有力气啦……”

“跟我们大伙儿坐下来吧，米哈依洛·伊凡诺维奇！你是打哪儿来的？”

“我到蜜蜂园子里去，跟庄稼人打了一场。”

它们四个一块儿过这黑夜：熊在草堆下面，猫在草堆上面，山羊和绵羊在火堆旁边。忽然来了七只灰色的狼，第八只是白色的，它们一直朝草堆走过来。

山羊和绵羊吓得“咩咩”叫，可是灰额猫发表了这样的演讲：

“嘿嘿，白狼大王啊！您别惹我们的大哥生气了：它生气要是一到极点哪——就谁也免不了要遭殃。您没看见它那把胡子吗：这里面有力气呢，它打野兽就用那把胡子，它的角不过是用来剥皮的罢了。您还是恭恭敬敬地上前去求求它，就说：我们希望和你们的小弟弟玩玩，比比力气，就是躺在草堆下面的那一位。”

狼向猫鞠了个躬，过去把熊围住，上前招惹它。熊鼓哇鼓哇鼓起了力气——一手抓起一只狼来！狼们吓了一跳，好不容易挣脱了身体——夹起尾巴逃走了。

山羊和绵羊趁这时候抓起小猫，连忙跑进树林子，路上又碰到了那些狼。

小猫利落地攀上枞树树顶，山羊跟绵羊用脚钩住枞树的树枝，挂在树上。狼站在枞树下面，磨响了牙齿。

灰额猫看着事情不妙，就用枞树的果子扔那些狼，说：

“一只狼！两只狼！三只狼！这几只狼都给哥哥吧。我猫儿刚才连着骨头吃了两只狼，还饱着哪，大哥，你去捉熊没有捉到，你就要了我那一份吧！”

它这些话才说完，山羊脚一松，羊角对准了狼倒栽葱落下来。猫只管嚷：“捉住它们，拿住它们！”

狼心慌意乱——头也不回地撒腿就跑。于是它们都逃走了。

可是灰额猫、山羊和绵羊呢，只管自己上路去了。

野兽过冬的房子

老头儿和老太婆有一头公牛，有一只绵羊，有一只鹅，还有一只公鸡和一头母猪。

有一天，老头儿对老太婆说："老婆子，公鸡对咱们一点儿用处也没有，杀了它过节怎么样！"

"就这么办吧，杀了它吧。"

公鸡听见这话，连夜逃到树林子里去了。第二天，老头儿找了又找——找不到公鸡。

晚上，他又对老太婆说："公鸡我没找到，咱们只好杀母猪了！"

"嗯，杀母猪吧。"

母猪听见这话，连夜逃到树林子里去了。

老头儿把母猪找了又找——没找到："只好杀绵羊了！"

"好吧，就杀吧。"

绵羊听见这话，就对鹅说："咱们逃到树林子里去吧，要不逃哇，他们要把你我都杀了的！"

于是绵羊跟鹅逃到树林子里去了。

老头儿走到外面院子——没有绵羊也没有鹅。他找了又找——没找到:“好一件怪事！所有的牲口都不见了，只剩下一头公牛。看起来，只好杀牛了！”

“好吧，就杀吧。”

公牛听见这话，逃到树林子里去了。

夏天，树林子里自由自在，逃出来的牲口都无忧无虑地过日子。可是夏天过去了，冬天要到了。

公牛跑到绵羊那里:“怎么样，兄弟？天气要冷了——得盖座房子啦。”

绵羊回答它说:“我有暖和的皮袍子，我就这样过冬了。”

公牛跑到母猪那里:“母猪哇，咱们来盖座房子吧！”

“说到我啊，不管天怎么冷我也不怕:我钻到土里去，就算没有房子吧，冬天我也过得了。”

公牛跑到鹅那里:“鹅啊，咱们来盖座房子吧！”

“不，不来，我把一只翅膀垫在下面，一只翅膀盖在上面——就什么寒气也进不了我的身子了。”

公牛跑到公鸡那里:“咱们来盖座房子吧！”

“不，不来。我就这样坐在枞树下面过冬了。”

公牛见事情不妙，于是独自操劳起来了。

“好，”它说，“随你们便吧，我动手把房子盖起来。”

于是它独自把小房子给盖起来了。它生起了炉灶，躺下来取暖。

寒冷的冬天到了——冷气渐渐刺进骨头。绵羊跑来跑去，没有法子暖和起来——就走到公牛的地方："咩咩咩！把我放进屋子吧！"

"绵羊啊，不行。我叫你盖房子，你说过你有暖和的皮袍子的，你就这样过冬吧。"

"你要不放我进来，我就冲，我把门撞破，连你也要受冻的。"

公牛想了想："我就放它进来吧，要不放啊，它也会叫我受冻的。"

"好，进来吧。"

绵羊走进屋子，在炉灶前面的小长凳子上躺下来。

过了不多一会儿，母猪跑来了："儿儿儿！公牛哇，放我进去取暖吧！"

"母猪哇，不行。我叫你盖房子，你说过不管天怎么冷——你可以钻到土里去的。"

"你要不放我进来，我就用鼻子拱倒所有的墙角，弄塌你的房子！"

公牛想了想："它要拱倒墙角，弄塌房子的。"

"好，进来吧。"

母猪走进屋子，到地下室里去了。

母猪来了以后，鹅接着也飞来了："嘎嘎嘎！公牛哇，放我进去取暖吧！"

"鹅啊，不行啊，不放你进来！你有两只翅膀，一只垫在下面，另外一只盖在上面——你就这样过冬吧。”

“你要不放我进去，我拔掉墙上所有的青苔！”

公牛想了想，就把鹅放进来了。鹅走进屋子，坐在炉灶上。

过了不多一会儿，公鸡跑来了：“喔喔喔！公牛哇，把我放进屋子吧。”

“不，不行，你在树林子里的枞树下面过冬得啦。”

“你要不放我进去，我就飞上顶楼，扒下天花板上所有的泥，让冷气进入屋子。”

公牛于是把公鸡放进来了。公鸡飞进屋子，飞到梁上去坐下来待着。

就这样，它们五个住在一块儿过日子，狼和熊知道了这件事情。

“咱们到那房子里去，”它们说，“把它们大大小小吃个精光，房子由咱们来住。”

它俩动身来到那房子。狼对熊说：“你上前吧，你力气大。”

“不行，你比我灵活，你上前吧。”

狼于是走进屋子。它刚进去——公牛马上用牛角把它顶到墙边。绵羊冲过来——朝它身子两边砰砰地撞。猪在地下室叫起来：“儿儿儿！我在磨斧子，我在磨刀，活狼我想吃个饱！”

鹅啄它的腰，公鸡在梁上来回跑，嚷着说：

“喔喔喔！喔喔喔！把它弄到这儿来！这儿有刀子，这儿有绳子……我在这儿杀它，我在这儿吊它！”

熊听见里面大叫大嚷——于是逃走了。狼挣扎啊挣扎啊，好不容易挣脱了身子，赶上了熊，告诉他说：“嗐，我碰到了些什么东西啦！差点儿没叫它们给打死……首先跳出来一个‘大汉’，它穿着一件黑色的毛布上衣，拿了一把铁叉似的东西，把我顶到墙边。接着又有一个小点儿的‘汉子’，穿着一件灰色的毛布袍子，拿刀背在我身子两边一下又一下地敲。再下来，一个比那又小点儿的‘汉子’，穿着一件白色长外套，啄我的腰。再下来，顶小的一个‘汉子’，穿着一件红色小袍子，在梁上一面跑一面嚷：‘喔喔喔！喔喔喔！把它弄到这儿来！这儿有刀子，这儿有绳子……我在这儿杀它，我在这儿吊它！’而且地窖里还有喊叫声：‘我在磨斧子，我在磨刀，活狼我想吃个饱！’”

从此以后，狼和熊不敢再走近那座房子。

公牛、绵羊、鹅、公鸡，还有母猪，于是无忧无虑地在那儿过日子。

一只笨狼

从前有一只狼，它老了，老得不能再老了。它的牙齿都松动了，眼睛也看不清楚了。这老家伙的日子越过越难过：只好躺下来等死了。

这狼于是到田野里去，想给自己找点儿吃的东西，它看见一匹马驹子在吃草。

“小马呀小马，我要吃了你！”

“老家伙，你有什么法子吃我呢？你连牙齿也没有了。”

“牙齿有的是！”

“如果不是在吹牛，就给我瞧瞧吧！”

狼于是露出它的牙齿，说：“瞧吧！”

马驹子用尽力气，朝它露出来的牙齿踢过去，接着就跑掉了。

狼被踢得失去了知觉，躺啊，躺啊，好不容易才醒过来。肚子饿可不是闹着玩儿的，它于是一步一步向前走。

它沿着树林子走，一个裁缝迎面过来。好一个快活的裁缝——他唱着歌儿，舞着铁尺。狼挡在路当中：“裁缝啊裁缝，我要吃了你！”

裁缝看了看狼："唉，怎么办好呢？就这么办吧，吃吧！不过让我量量你的肚子：看我能不能被装进你的肚子里去。"

"量吧，"狼说，"不过快点儿，我想吃想得不耐烦了。"

裁缝走到狼背后，一把抓住狼的尾巴，卷在手上，拿起铁尺，朝它身子两边乱揍。他一面揍，一面说："横一尺，竖一尺！横一尺，竖一尺！"

狼挣扎来挣扎去，挣断了半条尾巴，撒开腿拼命逃走。

狼一步挨一步走，一路舐它的伤口。它忽然看见——有一只大山羊在山上吃草。"山羊啊山羊！我要吃了你！"

"唉，怎么办呢？你要吃就吃吧。可是干吗白白弄崩牙齿啊？你最好站在山脚下，把嘴张得大点儿，我打山上冲下去——一直冲到你的嘴里去。"

狼站在山脚下，张大了嘴等它。

山羊从山上冲下来，撞中了狼的脑门，狼摔了一跤。山羊呢，跑掉了。

狼醒过来，站起来暗想："我吞下了山羊没有呢？如果把山羊吃下去了，肚子就该饱啦。它那坏家伙一定把我给骗了。"

狼伤心极了，重新又去找东西吃。它看见矮树林子下面有臭肉，马上向它冲过去，于是掉到陷阱里去了。

绵羊、狐狸和狼

一只绵羊打庄稼人那儿逃出来。

一只狐狸碰见了它："小绵羊，你上哪儿去呀？你要从什么路走哇？"

"哎，狐狸妹妹！我本来住在庄稼人那儿，可是日子过不下去了：那边绵羊公公老是干傻事闹脾气，而且错处净推到我绵羊妈妈的身上！这一来我打算见路就走。"

"我也一样！"狐狸说，"那边公鸡不管是被鹞子还是老鹰叼走了，净是我狐狸的错儿。咱们一块儿跑吧！"

一只饿狼碰见了它们："绵羊啊，狐狸呀，你们去的地方远吗？"

狐狸回答它说："见路就走！"

"咱们一块儿走吧！"

它们三个一块儿走。狼忽然对绵羊说："咦，绵羊，你身上那件皮袍子不是我的嘛！"

狐狸听见这话，马上接上去说："老兄，真是你的吗？"

"说实话，是我的皮袍子。"

"可以赌个咒吗？"

“行。”狼说。

“那么就亲亲地面赌咒吧！”

狐狸知道庄稼人在路上放了个捕兽器，于是把狼带到捕兽器前面，对它说：“你就在这儿亲亲地面吧！”

狼傻里傻气地把鼻子伸进捕兽器，捕兽器“啪嗒”一下把它夹住了。

狐狸和绵羊呢，大大方方地跑掉了。

熊和狗

从前有一个庄稼人，有一个老太婆。他们有一只忠心耿耿的狗。这只狗从小替他们看门，可是等到它年纪一大，就连叫也不叫了。

庄稼人讨厌这只狗，于是拿一根绳子缚在它的脖子上，带它到树林子里去。他把它带到一棵白杨树旁边，想要吊死它，可是他一看见这只老狗流出痛苦的眼泪，就可怜起它来了。

庄稼人把狗放掉，一个人回家了。

狗被留在树林子里，饿着肚子躺在树下，咒骂自己的命运。忽然一只熊跑过来：“狗哇，你干吗躺在这儿啊？”

“当家的把我赶出来了。”

“怎么样，老狗，你想吃点儿东西吗？”

“这还用说！”

“好，你跟我来吧，我给你东西吃。”

它们于是一块儿走，碰见了一匹小马。

熊把小马一把抓住。马被熊杀死了。熊把它撕成碎片，对狗说：“要吃多少就吃多少吧，吃光了，你再来找我。”

老狗于是无忧无虑地过日子。等到东西吃完，肚子又饿了，它跑到熊那儿去。

“怎么啦，兄弟，马吃光了吗？”

“吃光了，肚子又饿了。”

“干吗挨饿呢！你知道那些女人在哪儿收割吗？”

“知道。”

“那么咱们走吧，我偷偷地爬到你女主人那儿把小娃娃抢走，你来追我，把小娃娃抢回去。你抢到了就送回去给你的女主人。她为了这件事情，又会像往日那样养你的。”

说着，熊来到女人收割的田地上，把小娃娃带走了。

小娃娃又哭又叫，女人们都来追熊，追呀追呀，没法子追上，她们只好回去了。

做娘的大哭，其他的女人也很伤心。

老狗不知道打哪儿跑出来，追上了熊，抢回小娃娃，把他送了回来。

“瞧，”女人们说，“狗把小娃娃给抢回来了！”

做娘的说不出的开心。

“现在呀，”她说，“我怎样也不会把这只狗丢掉了！”

她把狗带回家，倒了些牛奶，切了一小块面包给它：“吃吧！”

她又对庄稼人说：“喂，当家的，这只狗我们得照顾它、养它才是：它打熊手里把咱们的小娃娃抢回来了。”

狗慢慢儿地强壮起来，它吃得很好，日子过得很安乐。它变成熊最要好的朋友。

有一回，庄稼人家里晚上请客。那天熊正好来看狗。

“狗哇，你好哇！嗯，你过得怎么样——面包吃得着吗？”

“谢谢老天爷，”狗回答它说，“日子过得好极了！我请你吃什么好呢？咱们到屋子里去吧，主人们正在大喝，他们不会看见你的。不过你一进门——得赶快爬到炉灶底下去。我弄到什么，就请你吃什么。”

熊很顺利地溜进屋子——爬到炉灶下面去。

狗看见客人们和主人们一个个欢天喜地的——就从桌子上拿东西，去请它的朋友吃。

熊喝了一杯又一杯——喝醉了。客人们开始唱歌。熊也唱起它自己的歌来。

狗劝告它说：“你别唱了，要不然，可要闯祸了。”

有什么办法呢！熊不但不停止，反而越唱越响。

客人们听见炉灶下面的吼声，连忙抓起棍子去打熊，左一下右一下，把它打了一顿。

熊用力挣脱身子逃走了。

谁叫你去吃酒席呀！

熊和狐狸

从前有一头熊，有一只狐狸。

熊的小房子里，有一桶蜜糖藏在顶楼上。

狐狸探听到了这个情况。它想，有什么法子可以去到放蜜糖的地方呢？

狐狸跑到熊的窗子下面坐着说："朋友，你不知道我多么伤心哪！"

"朋友，你有什么伤心的事情呢？"

"我的房子很糟糕，墙角都塌下来了，我的炉灶都没生火。你让我在你家过夜吧。"

"朋友，来吧，你来过夜吧。"

它们躺在暖炕上。狐狸躺在那儿，尾巴转来转去。有什么办法可以去到放蜜糖的地方呢？熊睡着了，可是狐狸用尾巴笃笃笃地敲。

熊问它："朋友，谁敲门哪？"

"这是找我来啦，是叫我去接生的。"

"那么你就去吧，朋友。"

狐狸于是"走"了。它爬上顶楼，打开装蜜糖的木桶。它吃了个饱，回来重新睡觉。

“朋友哇朋友，”熊问它，“那孩子叫什么名字啊？”

“叫‘开头’。”

“这是个好名字。”

第二天晚上，它们又睡觉了，狐狸用尾巴笃笃笃地敲：“朋友哇朋友，它们又来叫我去接生了。”

“那么你就去吧，朋友。”

狐狸爬上顶楼，把蜜糖吃了半桶。它重新回来睡觉。

“朋友哇朋友，那孩子叫什么名字啊？”

“叫‘半桶’。”

“这是个好名字。”

第三天晚上，狐狸用尾巴笃笃笃地敲：“又叫我去接生了。”

“朋友哇朋友，”熊说，“你快去快回才好，我想烤饼哪。”

“好，我很快就回来。”

它只管爬上顶楼，吃完了那桶蜜糖，舐了个精光。等到它回来，熊已经起来了。

“朋友哇朋友，那孩子叫什么名字啊？”

“叫‘精光’。”

“这个名字更好了。喂，咱们马上烤饼吧。”

熊烤好了饼，狐狸问它：“朋友，你的蜜糖在哪儿啊？”

“在顶楼上。”

熊爬上顶楼，木桶里哪里还有蜜糖——它空空的。

“谁把它吃了呢？”熊问，“是你吃的吧，朋友，除了你还有谁呀。”

“不，朋友，蜜糖我见都没见过。你自己吃了，倒反过来赖在我身上！”

熊想了又想……

“好，”熊说，“咱们就来验一验——看到底是谁吃的。咱们肚子朝天躺在太阳下面。谁的肚子上有蜜糖渗出来——蜜糖就是谁吃的。”

它们于是躺在太阳光里。熊睡着了。狐狸没有睡。狐狸瞧着瞧着——肚子上有蜜糖渗出来。它马上把蜜糖擦在熊的肚子上。

“朋友哇朋友！这是怎么回事儿？看是谁吃了蜜糖啦！”

熊没法子——只好承认了。

庄稼人和熊

一个庄稼人到树林子里去种萝卜。他在那儿耕地干活。一头熊向他走过来。

“种田的，我要撕碎你。”

“别撕碎我吧，亲爱的熊，还是一块儿种萝卜好。我自己只拿地下的根，地面上的全归你。”

“就这么办吧，”熊说，“你要是骗我啊，哼，你别想再到我的林子里来了。”

说完以后，它就钻到密林子里去了。

结实的萝卜长了出来。秋天，庄稼人来刨萝卜。熊从密林子里出来：

“种田的，咱们来分萝卜吧，把我的那份给我。”

“好的，亲爱的熊，来分吧：地面上的都给你，我只拿地下的根。”

庄稼人把所有的萝卜叶子给了熊，把萝卜装上车子，运到城里去卖。

熊碰见了他：“种田的，上哪儿去呀？”

“亲爱的熊，进城卖萝卜根去。”

“让我尝尝——看是怎么样的根？”

庄稼人给了它一个萝卜。熊放进嘴里一嚼，“哈哈！”它嚷起来了，“种田的，你让我上当啦！这萝卜根挺甜的。现在呀，你别想到我的林子里来砍柴了，要来的话，我就撕碎你。”

第二年，庄稼人在原来那块地上种黑麦。一到收割时候，熊早就在那里等着他：“这一次啊，种田的，我不上你的当了，把我的那份给我吧。”

庄稼人说：“就这么办吧。亲爱的熊，你拿地下的根，地面上的归我得啦。”

他们收割了麦子。庄稼人给了熊麦子的根。麦子他都装上车子，运回家里去了。

熊想尽了各种法子，麦子的根什么用处也没有。

它生庄稼人的气，打那时起，熊跟庄稼人就成了仇人。

泥娃娃

从前有个老头儿，有个老太婆。他们没有孩子。老太婆说：“老头子啊，你去拿泥捏个小娃娃，咱们不就相当于有了个儿子嘛！”

老头儿用泥捏了个小娃娃。他们把他放在炉灶上烤。泥娃娃烤干了，就讨东西吃：“给我一桶牛奶，给我一块面包。”

老太婆把牛奶、面包拿来给他，他一口气吃光了，又讨：“我还想吃！我还想吃！”

他把老头儿和老太婆所有的面包吃了个精光，所有的牛奶喝了个干净，又嚷：“我还想吃！我还想吃！”

没有东西可以给他吃了。泥娃娃就从炉灶上跳起来，把老太婆连着纺车吞下肚子，把老头儿连着拐杖吞下肚子——然后走到街上去。

一头公牛碰见了他。泥娃娃对它说：“我吃了五块面包，喝了五桶牛奶，我把老太婆连着纺车吃下去了，把老头儿连着拐杖吃下去了——公牛哇，我也要把你吃下去！”

说着，他把公牛吞下去了。

他继续向前走。几个掮斧子的砍柴人碰到了他。泥娃娃说:“我吃了五块面包,喝了五桶牛奶,我把老太婆连着纺车吃下去了,把老头儿连着拐杖吃下去了,我把公牛连着长角吃下去了,你们大伙儿啊,我也要吃下去!”

说着,他把砍柴人连着斧头吞下去了。

他继续向前走。一些掮镰刀的庄稼汉和背铁耙的女人碰到了他。泥娃娃对他们说:“我吃了五块面包,喝了五桶牛奶——我把老太婆连着纺车吃下去了,把老头儿连着拐杖吃下去了,我把公牛连着长角吃下去了,把砍柴的人连着斧子吃下去了——你们大伙儿啊,我也要吃下去!”

说着,他把那些掮镰刀的庄稼汉和背铁耙的女人都吞下肚子,然后再向前走。泥娃娃碰到了一只山羊,又对它说:“我吃了五块面包,喝了五桶牛奶,我把老太婆连着纺车吃下去了,把老头儿连着拐杖吃下去了,我把公牛连着长角吃下去了,把砍柴人们连着斧子吃下去了,我把庄稼汉们连着镰刀吃下去了,把女人们连着铁耙吃下去了,山羊啊,我也要把你吃下去!”

可是山羊对他说:“用不着你操劳。你站在山脚,我站在山上,我冲下来,一直冲到你的嘴里不好吗?”

泥娃娃于是站在山脚,山羊从山上冲下来,用角朝他的肚子一顶!泥娃娃被顶碎了。

于是泥娃娃的肚子里走出来带纺车的老太婆,带拐杖的老头儿,长长角的公牛,带斧子的砍柴人,带镰刀的庄稼汉,带铁耙的女人。

山羊把大家都救出来了。

母马的头

从前有个庄稼人，有个老太婆。他们有两个女儿：一个是庄稼人的，一个是老太婆的。

老太婆讨厌那个不是她亲生的女儿，就对庄稼人说："你爱把你的亲生女儿带到哪儿去，就带她到哪儿去吧。"

没办法。庄稼人套好车子，把自己的亲生女儿带到树林子里去。他看见树林子里有一座小房子，里面一个人也没有。于是他把女儿带进去，对她说："你坐在这儿，我砍柴去。"

他在门上挂了一根白桦树的树枝。风一吹，树枝"笃笃笃"地敲了又敲，女儿以为爸爸在外面砍柴，其实爸爸早就回家了。

过了不知道多少时候，一个没有脚、没有尾巴的母马的头从树林子里走出来，走到小房子的院子门口，说："小丫头哇小丫头，给我开开院子门吧！"

小姑娘跑出去打开院子门。

母马的头走进院子："小丫头哇小丫头，你把我捧过门槛，捧到凳子上去吧。"

小姑娘把它捧起来，捧过门槛，放在凳子上。母马的头说：“小丫头哇小丫头，你铺好床，把我放到床上去睡觉吧。”

小姑娘铺好了床，把母马的头放在床上，母马的头又对她说：“你从我的右耳朵钻进去，从左耳朵钻出来吧。”

小姑娘从它的右耳朵钻进去，从左耳朵钻出来，变成了一个漂亮的姑娘。这时候有几匹马拉了一车子财宝来到小房子的门口——要把小姑娘送到她爸爸那儿去。

她回到家里，大家惊奇得不得了。小姑娘送给大家礼物——送给爸爸，送给老太婆，还送给老太婆的女儿。

老太婆于是对庄稼人说：“你把我的女儿也带去吧，带到你的女儿到过的地方去。”

庄稼人不反对。他把老太婆的女儿用车子带到树林子里的那座房子。他把她带进去以后，对她说：“你坐在这儿，我砍了柴就来。”

他又在门上挂了一根白桦树的树枝。树枝“笃笃笃”地敲门，老太婆的女儿心里想：“他在砍柴哪。”

过了不知道多少时候，那没有脚、没有尾巴的母马的头来了：“小丫头哇小丫头，给我开开院子门吧！”

老太婆的女儿对它说：“你又不是阔太太，你自己开吧……”

母马的头走进院子：“小丫头哇小丫头，你把我捧过门槛，铺好床，把我放在床上睡觉吧。”

老太婆的女儿对它说：“我在家里都不铺床的，我不替你铺床。”

“小丫头哇小丫头，”母马的头说，“你从我的左耳朵钻进去，从右耳朵钻出来吧。”

于是老太婆的女儿从它的左耳朵钻进去，可是从右耳朵钻出来的不是一个漂亮的姑娘，却是一个连牙齿也没有了的老太婆。

狮子、梭鱼和人

有一回，狮子和梭鱼在河边谈话，有一个人站在附近偷听。

梭鱼一看见有人，马上钻到水里去。

狮子后来问它："你干吗钻到水里去呀？"

"看见了人啦。"

"看见了人又怎么样？"

"人是很狡猾的。"

"人是什么东西？"狮子问它，"如果他到了我的手里呀，我要吃了他。"

说着，狮子就动身去找人。一个男孩子迎面走过来。

"你是人吗？"

"不，我还不是人哪！我是个小孩子罢了。再过些时候，我才是人哪！"

狮子碰也没有碰他，就走开了。一个老头儿迎面走过来。

"你是人吗？"

"不，亲爱的狮子爷爷！我现在还能算是什么人吗？从前我倒也是个人哪。"

狮子碰也没有碰他。

“多么奇怪！到处找不到人！”

狮子走了又走，碰到了一个带着刀枪的兵大哥。

“你是人吗？”

“我是人。”

“好，我要吃你！”

“你等一等，”兵大哥对它说，“你退后两步，我自己送到你的嘴里去。你把嘴张大点儿吧！”

狮子退后一些，张大了嘴。兵大哥瞄准了它“砰”的一枪！接着他跑上前，用刀砍掉了狮子的一只耳朵。狮子逃走了。

狮子跑到河边。梭鱼探头出来问它：“喂，怎么啦，看见了人没有？”

“一点儿不错，”狮子说，“人是狡猾的！开头我没有找到他：一个说，他将来是人；一个说，他从前是人；等到我把人找到了——我可倒霉啦。他吩咐我退后两步，把嘴张大，接着他一口‘唾沫’吐进我的嘴里，到现在还热辣辣地发烫呢，再下来，他又吐出‘舌头’，‘舐’去了我的耳朵。”

“就是这么回事儿，我对你说过啦不是，人是狡猾的……”

吹牛鬼兔子

树林子里从前有一只兔子。夏天它很容易过日子，冬天可就糟糕了——逼得它只好到庄稼人的谷仓里去偷麦子。

它走到一家庄稼人的谷仓，可是那地方早就先到了一群兔子。于是它对它们夸口说：“我的胡子不是普通的胡子，是大胡子；我的手不是普通的手，是大手；我的牙齿不是普通的牙齿，是大牙齿——我谁也不怕。”

兔子们把吹牛鬼的话告诉了乌鸦婶婶。乌鸦婶婶来盘问吹牛鬼，它在一棵弯树下面把兔子找到了。

兔子怕起来：“乌鸦婶婶，我再也不吹牛了！”

“你吹什么来啦？”

“我的胡子不是普通的胡子，是大胡子；我的手不是普通的手，是大手；我的牙齿不是普通的牙齿，是大牙齿。”

乌鸦婶婶轻轻地拧拧兔子的耳朵：“以后再也别吹牛了！”

有一回乌鸦婶婶坐在木栅栏上，一群狗捉住了它，拿它又捏又踩，这件事叫兔子看见了：“得想法子救乌鸦婶婶！”

兔子跑到小土岗子上面坐着。狗看见兔子，就放了乌鸦婶婶去追兔子，乌鸦婶婶于是重新飞上木栅栏。而且兔子也甩开那些狗溜走了。

过了不久，乌鸦婶婶又碰见了这兔子，对它说：“你是个好小子，你不是吹牛鬼，是个好汉子。”

公鸡和手磨

从前有个老头儿，有个老太婆，他们两口子挺穷挺穷的。

他们没有东西吃，于是坐车子到树林子里去摘橡树果子，装回家里来吃。

老太婆掉了一颗橡树果子，它在地板上滚，滚进一条板子缝，滚到地底下去了。

过了不知道多少时候，橡树果子发芽了，再过了没有多少时候，它长得顶到地板了。

老太婆留意到这件事情，就说："老头子，得把地板劈开来了，好让橡树长得高点儿啊：等到它长大——咱们用不着到树林子里去摘果子，就在屋子里摘得了。"

老头儿把地板劈开。橡树长了又长，一直顶到天花板。

老太婆又说："老头子，得拆掉天花板了，好让橡树长得高点儿啊。"

老头儿拆掉了天花板。接着，屋顶也被拆了。橡树长了又长，一直长到天上去了。

这一来，老头儿跟老太婆吃不着果子了。

老头儿带了布口袋，爬到橡树上去。

他爬了又爬，爬了又爬，一直爬到天上，他看见一座小房子，于是走进去。屋子里放着一只金鸡冠的公鸡，搁着一个手磨。

老头儿没有多想，就把手磨放进布口袋，带了公鸡爬下来。他回到地上，说：“老婆子，你把公鸡和手磨拿去吧。”

老太婆把公鸡放在灶上，搬过手磨就磨：手磨一转哪——出来了糕和饼，每转一次——总有糕和饼出来。

老太婆磨出了整整一墙角的糕和饼，让老头儿吃了个饱，自己也吃了个饱。

他们开始安安稳稳地过日子——金鸡冠的公鸡跟他们住在一块儿。

地主听说了这个神奇手磨的事情。

他走到老头儿和老太婆的家里来，说：“你们有什么可以吃的吗？”

老太婆说：“乡亲，给你吃点儿什么好呢？要不要来点糕和饼啊？”

她搬出手磨来磨。许多糕和饼被磨出来了。地主吃了一些，说："老妈妈，把你的手磨卖给我吧。"

"哪儿的话，乡亲，不能把它卖掉的！"

等到老头儿和老太婆睡着了，地主偷偷地拿走了手磨。老头儿和老太婆醒过来，看见手磨被偷走了，非常伤心。

金鸡冠的公鸡对他们说："老头儿，别伤心，老太婆，别伤心！我帮你们把手磨要回来。"

公鸡从灶上飞下来去找手磨。它一路上奔跑。一只狐狸碰见了它："金鸡冠的公鸡，上哪儿去呀？"

"上地主家要手磨去。"

"带我去吧。"

"你爬到我的嗉子[①]里来吧。"

狐狸爬进公鸡的嗉子。它们走了一程。一只狼碰见了它们："金鸡冠的公鸡，上哪儿去呀？"

"上地主家要手磨去。"

"带我去吧。"

"你爬到我的嗉子里来吧。"

狼爬进公鸡的嗉子。它们走了一程。一只熊碰见了它们："金鸡冠的公鸡，上哪儿去呀？"

---

① 嗉子：脊椎动物鸟类食管的后段暂时贮存食物的膨大部分，也被称为嗉囊。

“上地主家要手磨去。”

“带我去吧。”

“你爬到我的嗉子里来吧。”

公鸡把熊也藏在同一个地方——藏在嗉子里。它跑到地主家的院子门前，跳到院子门上，嚷起来了：“喔！喔！喔！地主哇！还我的手磨。”

地主听见这话，朝小窗子外面一看，看见了公鸡，就对仆人说：“拿住它，把它放到鹅栏里去——让鹅啄死它。”

他们捉住公鸡，把它扔进鹅栏。它就说：“狐狸呀，打嗉子里爬出来，咬死那些鹅吧。”

狐狸打嗉子里爬出来，把所有的鹅都撕个粉碎，跑掉了。

公鸡重新飞到院子门上：“喔！喔！喔！地主哇，还我的手磨。”

地主听见了，很生气：“来人呐，拿住那公鸡，把它扔到母牛群里——让它们踩它个粉碎。”

他们捉住公鸡，把它扔给母牛们。它就说：“喂喂，灰狼，打嗉子里爬出来，咬死那些母牛吧。”

狼打嗉子里爬出来，把所有的母牛都咬死，吃了个饱，跑掉了。

公鸡重新飞到院子门上：“喔！喔！喔！地主哇！还我的手磨。”

地主更加生气：“来人呐，拿住那公鸡，把它扔给马群——让它们踏它个粉碎。”

他们把公鸡扔到马群里。它就说：“喂喂，熊啊，打嗉子里爬出来，撕碎那些马吧。”

熊打嗉子里爬出来，把所有的马都撕碎，跑到密林子里去了。公鸡重新飞到院子门上：“喔！喔！喔！地主哇！还我的手磨。”

地主嚷起来了，拼命捶拳头：“好一只公鸡！……它让我们破了产啦，它把所有的牲口弄死啦。杀死它吧！”

于是他们捉住公鸡，切下它的脑袋。地主亲自拔鸡毛，把鸡烧熟了吃下去——吃完了就想睡觉。

金鸡冠的公鸡在地主的肚子里叫：“喔！喔！喔！地主哇！还我的手磨。”

地主害怕了，连忙拿起一把刀，抓住自己的大肚子，把它破开来。

金鸡冠的公鸡从肚子里飞出来，拿起手磨，飞快地走了。

它把手磨带回来给老头儿和老太婆。他们开心得不得了，磨出糕啊饼啊，从此以后无忧无虑地过日子。

小蝴蝶

老头儿和老太婆没有孩子。他们活了一辈子，也没有养过一个孩子。

有一回，他们拿木头做了个小模型，裹在布包里，一面摇一面唱催眠曲：

“睡觉吧，好好睡觉吧，小蝴蝶宝宝——

所有的大雁都睡了，

所有的家燕都睡了，

所有的貂鼠都睡了，

所有的狐狸都睡了，

它们吩咐我们的小蝴蝶宝宝，

也快快地睡觉！”

他们这样摇哇摇，一面摇一面唱，模型不再是模型了，小蝴蝶宝宝——一个实在可爱的小宝贝，开始长大起来了。

这孩子长啊长啊，慢慢地有了脑筋。老头儿给他做了一只小船，涂上白漆；给他做了一把船桨，涂上红漆。

小蝴蝶坐在小船里，说：“小船啊小船，漂得远点儿。小船啊小船，漂得远点儿。”

小船漂得远远的。小蝴蝶钓起鱼来了，妈妈给他送牛奶和奶酪来。

她走到岸边，对他叫：

“小蝴蝶，我的好宝宝，

漂吧，往岸边漂吧，

吃的喝的我已经给你送到。”

小蝴蝶远远听见妈妈的声音，就漂到岸边来。妈妈拿起了鱼，让小蝴蝶吃饱喝够，还给他换过了小衬衫和腰带，仍旧让他去钓鱼。

女妖知道了这件事情。她跑到岸边来，用吓人的声音对他叫：

“小蝴蝶，我的好宝宝，

漂吧，往岸边漂吧，

吃的喝的我已经给你送到。”

小蝴蝶认出来这不是妈妈的声音，就说：“小船小船远远地漂，这不是妈妈在那里叫。”

女妖于是跑到铁匠铺子里，吩咐铁匠帮她把喉咙重新打一打，好让声音变得跟小蝴蝶的妈妈一样。

铁匠帮她把喉咙打过。女妖又来到岸边，用跟他亲娘一模一样的声音唱着说：

“小蝴蝶，我的好宝宝，

漂吧，往岸边漂吧，

吃的喝的我已经给你送到。”

小蝴蝶听错了，就漂到岸边来。女妖把他一把抓住，装进布口袋里就跑了。

女妖把他带到鸡脚架的小房子里，吩咐小妖烧热炉灶，准备烤熟小蝴蝶。

她自己呢，又去找东西了。

小妖把炉灶烧得很热很热，对小蝴蝶说：“你躺在铲子上吧。”

他坐在铲子上，张开手叉开腿，根本塞不进炉灶里去。

小妖又对他说：“不是这样躺法的。”

“我不懂该怎么个躺法——你告诉我该怎样躺吧……”

“小猫怎样躺，小狗怎样躺，你也怎样躺。”

“你自己躺下来，教教我吧。”

小妖一坐到铲子上，小蝴蝶马上把她一铲子塞进炉灶，关上灶门。他自己连忙从小房子里溜出来，爬到一棵高高的橡树上去。

女妖跑回来打开灶门，拖出小妖吃了下去。

接着她走到外面院子里来，在草地上打滚翻跟头。

她一面打滚翻跟头，一面说：“我吃下小蝴蝶的肉，打滚翻跟头。”

可是小蝴蝶在橡树上回答她说：“你吃下的是小妖的肉啦，打滚吧，翻跟头吧！”

女妖说："这不是树叶子在那里沙沙响吗？"

接着她又说："我吃下小蝴蝶的肉，打滚翻跟头。"

可是小蝴蝶还是老一套："你吃下的是小妖的肉啦，打滚吧，翻跟头吧！"

女妖抬头一看，看见他在高高的橡树上。她马上扑上前去咬橡树。她咬哇，咬哇——两颗门牙咬崩了，就跑到铁匠铺子里去："铁匠啊铁匠！你帮我打两颗铁牙齿吧。"

铁匠给她打了两颗牙齿。

女妖回来，连忙又咬橡树。她咬哇，咬哇，下面两颗门牙又咬崩了。她马上跑到铁铺子里去："铁匠啊铁匠！再给我打两颗牙齿吧。"

铁匠又给她打了两颗牙齿。

女妖回来，连忙又咬橡树。她把橡树咬得木屑乱飞。橡树已经有点儿格啦格啦响，摇动起来了。

这一下可怎么办呢？小蝴蝶看见一队天鹅飞过。他恳求它们说：

"天鹅天鹅帮帮忙！

把我背在翅膀上！

带我到爸爸妈妈的地方！"

可是天鹅回答他说："嘎嘎，我们后面还有天鹅飞来呐——它们比我们更饿，让它们来背你吧。"

女妖咬哇咬，抬头望望小蝴蝶，舐舐嘴唇——又继续咬……

另外一队天鹅飞过。小蝴蝶恳求它们说：

“天鹅天鹅帮帮忙！

把我背在翅膀上！

带我到爸爸妈妈的地方！”

可是天鹅回答他说：“嘎嘎，我们后面飞着一只小天鹅，让它来背你回去吧。”

这时候，女妖已经快要完事：橡树眼看就要倒下来了。

一只小天鹅飞来。小蝴蝶恳求它说：“你是我的好天鹅！你带上我，把我放在翅膀上，背我到爸爸妈妈的地方去吧。”

才脱毛的小天鹅可怜他，就把小蝴蝶放在翅膀上，扑扑翅膀飞走了，把他送回家。

他们飞到家门口，落到草地上来。

老太婆正在烤一些饼来纪念小蝴蝶，她说：“这是给我的饼，老头子，这是给你的饼。”

小蝴蝶在窗子下面说：“给我的饼呢？”

老太婆听见了，就说：“老头子，你去看看谁在那儿讨饼吃吧？”

老头儿走出去，看见了小蝴蝶，就把他领到老太婆跟前来——他们互相拥抱。

他们把才脱毛的天鹅喂饱喝够，然后放它走，这一来，它鼓动了长得宽宽的翅膀，飞在一队天鹅前面，同时它常常想起小蝴蝶。

独眼的小鸭子

从前有个老头儿，有个老太婆。他们到树林子里去捡蘑菇时，捡到了一只小鸭子。这小鸭子是独眼的。他们把它带回了家。

第二天他们起来，又要去捡蘑菇，他们给小鸭子用羽毛做了个舒服的小鸭窝。

他们走了以后，小鸭子变成一个小姑娘，把屋子打扫干净，打水回家，还烤好了饼。

老头儿和老太婆回家就问：“这是谁给我们全收拾好了呢？”

邻居告诉他们说：“你们家里有个独眼的小姑娘出来打水。”

第二天，老头儿和老太婆假装出去，却躲在了贮藏室里。小鸭子变成了小姑娘，跑去打水。老头儿和老太婆跳出来，把她的鸭毛扔进炉灶，鸭毛都烧掉了。

小姑娘一回来就哇哇地大哭。她问老头儿老太婆要了一架金纺车，坐在门口纺亚麻。这时候有一群天鹅飞过。她对天鹅说：“好心肠的天鹅啊，你们每一位给我一根羽毛吧。”

它们说：“还有一群要飞来啦，它们会给你的。”

另外一群天鹅飞过。

“好心肠的天鹅啊，你们每一位给我一根羽毛吧。”

“还有一群要飞来啦，它们会给你的。”

这时候有只单独的天鹅飞过，它扔了些羽毛给她。她重新变成一只小鸭子，离家出走了。

老头儿和老太婆哭了又哭，可是什么也没哭出来。

阿廖努施卡姐姐和伊凡努施卡弟弟

从前有个老头儿，有个老太婆，他们有个小女儿，名字叫作阿廖努施卡，有个小儿子，名字叫作伊凡努施卡。

老头儿和老太婆死了。阿廖努施卡和伊凡努施卡被孤零零地留下来。

阿廖努施卡出门干活，把小弟弟带在身边。他们沿着远远的路走，沿着广阔的田野走，伊凡努施卡想要喝水了。

“阿廖努施卡姐姐，我想喝水！”

“等一会儿吧，弟弟，咱们就要走到一口井了。”

他们走了又走，走了又走——太阳高高的，井却远远的，热得人难受，汗直往下流。路上有满满一牛蹄印子的水。

“阿廖努施卡姐姐，我喝了那牛蹄印子里的水吧！”

“弟弟，不要喝，喝了会变成小牛的！”

弟弟听了她的话，就继续向前走。

太阳高高的，井却远远的，热得人难受，汗直往下流。路上有满满一马蹄印子的水。

“阿廖努施卡姐姐，我喝了那马蹄印子里的水吧！”

“弟弟，不要喝，喝了会变成小马的！”

伊凡努施卡叹了口气，继续向前走。

他们走了又走，走了又走——太阳高高的，井却远远的，热得人难受，汗直往下流。路上有满满一羊蹄印子的水。

伊凡努施卡说：“阿廖努施卡姐姐，我没有力气啦：我喝了那羊蹄印子里的水吧！”

“弟弟，不要喝，喝了会变成小羊的！”

伊凡努施卡不听她的话，走去喝了羊蹄印子里的水。

他喝了水，变成了一只小羊……

阿廖努施卡叫弟弟，可是跟在她后面跑的不是伊凡努施卡，却是一只小白羊。

阿廖努施卡淌下眼泪来，她坐在一个小草堆下面哭，小羊在她身边跳来跳去。

这时候有一个商人坐车子走过：“漂亮的姑娘，你干吗哭哇？”

阿廖努施卡把自己的不幸全告诉了他。

商人对她说：“你嫁给我吧。我给你披金戴银，小羊也可以跟咱们住在一块儿。”

阿廖努施卡想了想，就嫁给了那商人。

他们开始过日子，小羊跟他们住在一块儿，和阿廖努施卡同一只碗吃，同一只碗喝。

有一回，商人出了门。不知道打哪儿来了一个女妖：她站在阿廖努施卡的小窗子下面，拿甜言蜜语哄骗她到河里去洗澡。

女妖把阿廖努施卡带到河边，忽然扑到她身上去，把石头系在阿廖努施卡的脖子上，把她推到水里去。

女妖变成了阿廖努施卡，穿上她的衣服，走进她的大房子。没有一个人认出这是女妖。商人回家后也没有认出她来。

只有小羊原原本本地知道这件事情。它低着头，不吃也不喝。一早一晚，它沿着河边一面走一面叫："阿廖努施卡，我的姐姐！你浮上来，浮到岸边来吧……"

女妖知道了这件事情，就求商人杀了小羊……

商人很可怜小羊，因为他跟它一块儿过惯了。可是女妖这样的唠叨不休，这样的求来求去——商人没有办法，只好答应了："好，杀了它吧……"

女妖吩咐仆人：叫他们生起了旺旺的火，烧红了铁锅，磨利了钢刀……

小羊知道自己没多久好活了，就对商人说："我临死之前，再让我到河边去一次，喝点儿水，洗洗肠子吧。"

"好，你去吧。"

小羊跑到河边，站在岸上悲哀地叫：

"阿廖努施卡，我的姐姐！
你浮上来，浮到岸边来吧。
他们生起了旺旺的火，
烧红了铁锅，

他们磨利了钢刀，
想要把我杀掉！”

阿廖努施卡在河里回答道：

“唉，我的伊凡努施卡弟弟！
重重的石头把我沉到了河底，
丝一样的草把我的脚紧绑，
黄沙压住了我的胸膛。”

女妖找小羊，找来找去没找着，就打发仆人说：“你去找小羊，把它带来给我。”

仆人走到河边，看见小羊在河边跑来跑去，悲哀地喊叫：

“阿廖努施卡，我的姐姐！
你浮上来，浮到岸边来吧。
他们生起了旺旺的火，
烧红了铁锅，
他们磨利了钢刀，
想要把我杀掉！”

河底有人回答道：

“唉，我的伊凡努施卡弟弟！
重重的石头把我沉到了河底，
丝一样的水草把我的脚紧绑，
黄沙压住了我的胸膛。”

仆人跑回家，把在河边听到的话，都告诉了商人。大家聚集起来走到河边，撒下渔网，把阿廖努施卡拖上岸来。他们解下她脖子上系的石头，把她放到泉水里去浸了一浸，再给她穿上漂亮的衣服。阿廖努施卡复活了，而且变得比从前更漂亮。

小羊开心得连翻三个跟头，于是恢复成原来的男孩子伊凡努施卡模样。

他们把恶女妖绑在马的尾巴上，再把马赶到旷野里去了。

哈符罗雪奇卡

世界上有好人，有不大好的人，还有些人连奴役别人也不觉得害臊。

小哈符罗雪奇卡恰巧碰到了这种人。她是个孤儿，这些人领她养她，拿活儿来把她折磨得要死：她又要织布，又要纺纱，又要收拾，又要受一切委屈。

她的女主人有三个女儿。大女儿叫一只眼，第二个女儿叫两只眼，小女儿叫三只眼。

这几个女孩只知道坐在门口看看街上的风景，小哈符罗雪奇卡给她们干活：替她们缝补，替她们纺纱织布——可是从来没听到过一声好言好语。

有一回，小哈符罗雪奇卡来到田野上，抱住了她的花母牛，靠着它的脖子，告诉它自己的日子多么难过："母牛妈妈！她们打我，骂我，不给我吃面包，还不许我哭。她们限我今天一天内把五普特[①]重的纱纺好，织成布，还要漂白了，在夹布机里磨光。"

---

① 俄国的重量单位，1 普特约合 16.38 千克。

母牛回答她说："漂亮的小姑娘，你从我的一只耳朵钻进去，从另外一只耳朵钻出来吧—— 一切就都做好了。"

这句话说到做到。哈符罗雪奇卡从母牛的一只耳朵钻进去，从另外一只耳朵钻出来——全好了：布都织好了，漂白了，在夹布机里磨光了。

她把亚麻布拿去交给女主人。女主人看了看，哼了一声，把布藏在箱子里，回头给小哈符罗雪奇卡更多的工作。

哈符罗雪奇卡又来到母牛的地方，抱它，抚摸它，从一只耳朵钻进去，从另外一只耳朵钻出来，抱起做好的东西，拿去交给女主人。

女主人于是把大女儿一只眼叫来，对她说："我的好女儿，我的有用女儿，你去看看到底是谁在帮那孤儿的忙：替她纺纱、织布，又把布在夹布机里磨光啦。"

一只眼跟哈符罗雪奇卡一块儿走进树林子，跟她一块儿来到田野上，可是她忘记了妈妈的吩咐，只管自己晒太阳，在草地上躺下来。哈符罗雪奇卡对她说："睡觉吧，一只眼睛，睡觉吧，一只眼睛！"

一只眼的一只眼睛睡着了。一只眼睡觉的时候，母牛把布都织好了，漂白了，在夹布机里磨光了。

这样，女主人什么也没有打听出来，于是她把她的第二个女儿两只眼叫来："我的好女儿，我的有用女儿，你去看看，到底谁帮那孤儿的忙吧。"

两只眼跟哈符罗雪奇卡一块儿去了，可是她忘记了妈妈的吩咐，只管自己晒太阳，在草地上躺下来。哈符罗雪奇卡唱起催眠曲：“睡觉吧，这一只眼睛，睡觉吧，那一只眼睛！”

两只眼闭上了两只眼睛。母牛把布都织好了，漂白了，在夹布机里磨光了，这时两只眼睡着还没醒。

老太婆气得不得了，第三天，她打发她的小女儿三只眼去，又给孤儿更多的活儿。

三只眼跳哇跳哇，在太阳下跳累了，就在草地上躺下来。

哈符罗雪奇卡唱道：“睡觉吧，这一只眼睛，睡觉吧，那一只眼睛！”

可是她忘记了第三只眼睛。

三只眼的两只眼睛睡着了，可是第三只眼睛望着，它什么都看见了：哈符罗雪奇卡怎样从母牛的一只耳朵钻进去，从另外一只耳朵钻出来，得到了织好的亚麻布。

三只眼回到家里，把事情一五一十地都告诉了妈妈。

老太婆很快活，第二天走到丈夫面前：“把那头花母牛杀了吧！”

老头儿结结巴巴地说：“老婆子，这是什么话，你有脑筋没有？这头母牛挺年轻挺好的！”

“杀了它，就是这句话！”

老头儿没有办法，于是动手磨刀。哈符罗雪奇卡知道了这个消息，连忙跑到田野上去，抱住了花母牛说：“母牛妈妈！他们要杀你。”

可是母牛回答她说：“漂亮的小姑娘，你别吃我的肉，你把我的骨头收起来，用头巾包着，埋在花园里，永远别忘记我：每天早晨用水洒洒这些骨头。”

老头儿把母牛杀了。哈符罗雪奇卡一切照着母牛的吩咐做：肚子任它饿，肉一点不进嘴，又把牛骨头埋起来，每天到花园里去洒水。

那上面长出了一棵小苹果树，这是多好的一棵苹果树哇——树上挂着鲜红的熟苹果，金色的树叶子沙沙响，银色的树枝一垂一垂。随便什么人跑过都停下脚来，随便什么人走近都望出了神。

过了不知道多少时候，有一天，一只眼、两只眼、三只眼在花园里玩耍。一个强壮的汉子骑马经过——这人又有钱、又华贵、又年轻。他看见花园里的熟苹果，就对这三个姑娘说："漂亮的姑娘，你们当中谁给我摘一个苹果，谁就可以嫁给我。"

三姐妹抢着向苹果树跑过去。

那些苹果本来垂得低低的，根本就在手底下，可是这时候升得高高的，离头顶很远。

三姐妹想要敲落它们——可是树叶子撒到她们的眼睛上，她们想要摘它们——可是树枝解开她们的辫子。她们无论怎样敲，无论怎样扑来扑去——手都弄破了，就是没法子摘到。

哈符罗雪奇卡走过来——树枝向她弯下来，苹果向她垂下来。她请那强壮汉子吃了苹果，他就娶了她。于是她常在幸福当中过日子，不知道什么叫作恶。

暴发户库济玛

从前有一个人，名字叫作库济玛，他一个人住在黑沉沉的树林子里。他没有替换的衣服，床也用不着铺。

有一回，他挖了一个陷阱。早上跑去一看—— 一只狐狸掉进去了。

“好，我马上去卖掉狐狸，把钱拿回去讨个老婆。”

狐狸对他说：“库济玛，你放了我吧，我去给你弄笔大财产来，叫你变成暴发户库济玛，不过你得先给我用牛油炸只童子鸡吃吃——要肥点儿的。”

库济玛答应了。他炸了一只童子鸡。狐狸吃光鸡肉，就跑进国王的禁草地，在禁草地上打起滚来。

“呵呵呵！国王请客，我来啦，要吃什么有什么，要喝什么有什么，明天请客，我又要去了。”

一只狼跑过，问它：“朋友，你干吗打滚喊叫哇？”

“叫我怎么不打滚不喊叫呢！国王请客，我来啦，要吃什么有什么，要喝什么有什么，明天请客，我又要去了。”

狼问它：“亲爱的狐狸，你能带我到国王那儿去吃一顿吗？”

“国王难道只为你一只狼操心吗？你去招来四十只狼，我就带你们上国王那儿去吃一顿。”

狼于是在树林子里跑来跑去找别的狼。它招来了四十只狼，把它们带到狐狸面前，狐狸带它们去见国王。

它们来到国王的地方，狐狸先上前对国王说：“国王啊，好人、暴发户库济玛进贡给您四十只狼。”

国王很高兴，下令把所有的狼赶到栏里去，紧紧锁起来。他心里暗想：“这库济玛真是个有钱人哪！”

狐狸跑回库济玛的地方。它吩咐他再用牛油炸一只童子鸡——肥点儿的，它吃了个饱，又动身到国王的禁草地去了。

它在禁草地上打滚翻跟斗。一只熊跑过，看见了狐狸，就问它：“喂喂，该死的大尾巴，怎么这样打滚哪！”

狐狸对它说：“呵呵呵！国王请客，我来啦，要吃什么有什么，要喝什么有什么，明天请客，我又要去了……”

熊于是恳求它说：“狐狸，你能带我到国王那儿去吃一顿吗？”

“单为你一只熊，国王是不高兴操心招待的。你招来四十只黑熊嘛——我就带你们到国王那儿去吃一顿。”

熊跑进森林，招来四十只黑熊，把它们带到狐狸面前，狐狸带它们去见国王。它自己先上前说：“国王啊，好人、暴发户库济玛进贡给您四十只熊。”

国王说不出的高兴，下令把所有的熊赶到栏里去，紧紧锁起来。他自己暗想：“这库济玛得是个多么有钱的人哪！”

狐狸又跑回库济玛的地方。它吩咐他用牛油给它炸一只肥肥的小母鸡、一只肥肥的小公鸡。它吃饱以后——又到国王的禁树林子里打滚。一只公貂鼠和一只母貂鼠跑过："喂，狡猾的狐狸，你在哪儿吃得这样饱哇？"

"呵呵呵！国王请客，我来啦，要吃什么有什么，要喝什么有什么，明天请客，我又要去了……"

公貂鼠和母貂鼠于是恳求狐狸："好朋友，你带我们到国王那儿去吧。我们只想看看他们是怎样大摆酒席的。"

狐狸对它们说："你们招来四四一十六——一百六十只公貂鼠和母貂鼠吧——我带你们到国王那儿去。"

公貂鼠和母貂鼠招来一百六十只公貂鼠和母貂鼠。狐狸带它们去见国王，它自己先上前："国王啊，好人、暴发户库济玛进贡给您一百六十只公貂鼠和母貂鼠。"

国王对于"暴发户"库济玛的财产，表示非常的羡慕。他下令把这些野兽都关起来，紧紧锁好。

"嗐，"他心里想，"真倒霉，库济玛该多么有钱哪！"

第二天，狐狸又跑来见国王："国王啊，好人、暴发户库济玛吩咐我来问候您，同时跟您借一个有箍的桶——借去量银币。他自己的几只木桶都装满金币了。"

国王一点儿也不拒绝，就给了狐狸一个有箍的桶。狐狸跑回库济玛的地方，吩咐他用桶去量沙，让桶边被磨得发亮。

等到桶边被磨亮了，狐狸在桶箍上嵌上几个小钱，就把木桶拿去还给国王了。它把桶拿到国王那里，同时替暴发户库济玛向美丽的公主求婚。

国王看见库济玛有许多钱：多得连钱落到桶箍外面来了也不在乎，也就不拒绝他和自己女儿的亲事了，国王吩咐库济玛去看他。

库济玛动身去见国王。狐狸跑到前面去，叫工人把小桥锯断。

库济玛的车子刚上桥——就连人带桥翻到水里去了。

狐狸嚷起来："哎哟！暴发户库济玛掉到水里去啦！"

国王听说后，马上派人去把库济玛救上岸来。大家救起了他以后，狐狸又叫："哎哟！得给库济玛最好的衣服哇。"

国王把他自己过节的衣服给了库济玛。

库济玛于是坐车子来到国王的地方。国王那边麦酒已经蒸好，葡萄酒已经酿好——样样都准备妥当了。

库济玛和公主结了婚，在国王那里住了一个礼拜又一个礼拜。

"好了"，国王说，"亲爱的女婿，现在咱们上你家去玩玩吧。"

库济玛实在没有办法，得准备动身哪。他们套好了马就起程。狐狸赶到他们前面去。它看见一班看羊的人在看一群绵羊，就上前问他们说："看羊的呀看羊的！你们看的谁的羊啊？"

"看山蛇的羊。"

“你们要说这是暴发户库济玛的羊，要不然哪，火大王跟闪电王后来了：你们如果不跟他们说这是暴发户库济玛的羊，他们会把你们连人带羊烧死烤焦的！”

看羊的知道事情非同小可，就起誓照狐狸教他们的话说这些羊是暴发户库济玛的。

狐狸又向前走去。它看见另外一班人在看牛。

“看牛的呀看牛的！你们看的谁的牛啊？”

“看山蛇的牛。”

“你们要说这是暴发户库济玛的牛，要不然哪，火大王跟闪电王后来了：你们如果提一句山蛇的话，他们会把你们连人带牛烧死烤焦的！”

看牛的答应了。狐狸继续向前跑。它跑到山蛇的一群马那里，吩咐看马的人说这群马是暴发户库济玛的。

“要不然哪，火大王跟闪电王后来了，他们会把你们连人带马都烧死烤焦的！”

看马的都答应了。

狐狸跑上前。它一直跑进山蛇的大理石宫殿：“好哇，山蛇！”

“亲爱的狐狸，你有什么话要说吗？”

“喂，山蛇，现在你得赶快赶快躲起来。可怕的火大王跟闪电王后来了，他们要把所有的东西都烧死烤焦的。你的牲口和看牲口的，全被烧死烤焦了。我不敢耽误时间——马上就动身来给你捎个信，告诉你我自己差点儿也被烟闷死了。”

山蛇伤心起来：“哎呀，亲爱的狐狸，我躲到哪儿去好呢？”

“你的花园里有一棵不许砍的老橡树，树心都被蛀空了；你跑到橡树里去暂时躲一躲吧，火大王跟闪电王后没有过去，你可别出来。”

山蛇照狐狸教他的法子做，心惊胆战地躲在这棵橡树里面。

“暴发户”库济玛、国王，还有库济玛的老婆——公主——一块儿坐着车子，来到那群绵羊的地方。公主问道：“看羊的，你们看的谁的羊啊？”

“看暴发户库济玛的羊。”

国王听了这话很高兴：“嘿，亲爱的女婿，你的羊很不少哇！”

他们走了一程，来到那群牛的地方。

“看牛的，你们看的谁的牛哇？”

“看暴发户库济玛的牛。”

“嘿，亲爱的女婿，你的牛很不少哇！”

他们再走了一程，有人在那里看马。

“这是谁的马啊？”

“暴发户库济玛的马。”

“嘿，亲爱的女婿，你的马很不少哇！”

这样，他们来到了山蛇的宫殿。

狐狸出来迎接这些客人，深深地鞠躬，把大家带进大理

石宫殿，让他们坐在橡木桌子旁边，桌子上铺着有花纹的台布……

他们开始大吃酒席，吃吃喝喝非常快活。酒席吃了一天，吃了两天，吃了一个礼拜。狐狸对库济玛说：“喂，库济玛！你先慢开心——得干件正经事情哪。你跟国王一块儿到碧绿的花园里去；花园里有一棵老橡树，山蛇正坐在这棵橡树里躲着你们。你把这树给乱箭射穿吧。”

库济玛和国王走进碧绿的花园，看见那不许砍的老橡树就射。山蛇于是死在里面了。

暴发户库济玛从此跟公主两口子住在大理石宫殿里，每天给狐狸吃一只童子鸡。

蘑菇打仗[①]

在极古极古的时候，有一回，豌豆大王跟蘑菇打仗。

“波罗维克蘑菇”——蘑菇当中的上校——坐在树底下，对各种各样的蘑菇，下命令说：“‘别梁卡蘑菇’，你们跟我去打仗！”

“别梁卡蘑菇”回答它说：“我们是古老世家的贵族！我们不去打仗！”

“‘吕济克蘑菇’，你们跟我去打仗！”

“吕济克蘑菇”回答它说：“我们是富农！我们不去打仗。”

“‘伏耳努施卡蘑菇’，你们跟我去打仗！”

“伏耳努施卡蘑菇”回答它说：“我们是老太婆！我们不去打仗。”

“‘奥潘克蘑菇’，你们跟我去打仗！”

“奥潘克蘑菇”回答它说：“我们的腿很细！我们不去打仗。”

“‘格鲁斯第蘑菇’，你们跟我去打仗！”

“我们‘格鲁斯第蘑菇’是同心合力的儿童！我们去打仗！”

---

① 这故事里所有蘑菇的名字，都是根据俄文音译的。“波罗维克蘑菇”（боровики）、“吕济克蘑菇”（рыжики）、“奥潘克蘑菇”（опенки）、“格鲁斯第蘑菇”（грузди）、“别梁卡蘑菇”（белянки）是可以吃的蘑菇，“伏耳努施卡蘑菇”（волнушки）是有毒的蘑菇。

天鹅

从前有个庄稼人，有个老太婆。他们有个小女儿，还有个很小的儿子。

“小女儿，”妈妈对她说，“我们去干活，弟弟你要照顾好了！别离开院子啊，你做个乖乖的好姑娘——我们会给你买一条小头巾。”

爸爸妈妈走了以后，小女儿把他们对她说的话都给忘了：她让弟弟坐在窗子下面的草地上，自己却跑到街上去又玩又闹。

一群天鹅飞过，把小弟弟抓起来，放在翅膀上带走了。

小姑娘回来一看——弟弟没有了！她又是“哎呀”叫，又是两头跑——可是找不到！

她大声叫弟弟，流起眼泪来了，伤心地大哭：待会儿要被爸爸妈妈骂死啦——可是弟弟没有答应她。

她跑到田野上去，只见远远有一群天鹅像箭一样地飞，落到黑沉沉的树林子后面不见了，这时她心里猜想，它们一定把弟弟带走了：因为关于天鹅，早就流传着这样一种坏名声——说它们会捣鬼，拐走小孩子。

小姑娘飞奔上前去追赶它们。她跑了又跑，看见了一座炉灶。

“炉灶哇炉灶，你告诉我，天鹅它们飞到哪儿去啦？”

炉灶回答她说：“你吃了我的小黑麦饼——我就告诉你。”

“要我吃小黑麦饼！在我家里，连小麦饼也没人吃……”

炉灶不告诉她。小姑娘继续往前跑——碰到了一棵苹果树。

“苹果树哇苹果树，你告诉我，天鹅它们飞到哪儿去啦？”

“你吃了我的野苹果——我就告诉你。”

“在我家里，连花园里的苹果也没人吃。”

苹果树没有告诉她。小姑娘继续往前跑。一条牛奶河在粉冻岸间流。

“牛奶河啊粉冻岸，天鹅它们飞到哪儿去啦？”

“你吃了我的牛奶粉冻——我就告诉你。”

“在我家里，连奶油也没人吃……”

她沿着田地、沿着树林子跑了好久。天黑下来了，没法子——得回家去啦。忽然她看见一座鸡脚架的小房子，上面有一个小窗子，这房子在团团转。

有一个老妖婆在屋子里纺麻。小姑娘的弟弟正坐在一张凳子上玩几个银苹果。

小姑娘走进小房子：“您好哇，老婆婆！”

“你好，小姑娘！你是来干什么的？”

“我在苔藓地上走，在沼泽地上走，衣服全湿了，想进来暖和一下。”

“你坐下来顺便纺麻吧。”

老妖婆把纺锤交给她，自己出去了。小姑娘坐下来纺麻——忽然炉灶下面跑出来一只小耗子，对她说：“小姑娘，小姑娘，给我点儿粥吧，我给你讲句好话。”

小姑娘给了它粥，小耗子就对她说：“老妖婆暖洗澡房去了。她要把你洗干净，蒸过汗，放到炉灶里去烧熟了吃，还要骑着你的骨头飞哪。”

小姑娘吓得半死，坐在那里哭，小耗子又对她说：“你别等啦，带着你弟弟跑吧，我来替你纺麻。”

小姑娘抱起弟弟就跑了。老妖婆走到小窗口，问道：“小姑娘，你在纺吗？”

小耗子回答她说：“我在纺哪，老婆婆……”

老妖婆把洗澡房暖好以后，就来捉小姑娘。可是屋子里一个人也没有。老妖婆嚷起来说：“天鹅！快飞去追赶！姐姐把弟弟带走了……”

姐姐带着弟弟跑到牛奶河。她看见天鹅飞来了。

“河妈妈，把我们藏起来吧！”

“那么你先吃了我的牛奶粉冻。”

小姑娘吃了牛奶粉冻，说了声谢谢。河把她们藏在粉冻岸下面。

天鹅没有看见她们，飞过去了。

小姑娘带着弟弟又跑。天鹅转过头来飞，迎面飞过来，这一回要看见了。怎么办呢？倒霉！恰巧苹果树立在那里……

“苹果树妈妈，把我们藏起来吧！”

“那么你先吃了我的野苹果。”

小姑娘赶快把苹果吃下去，说了声谢谢。苹果树用树枝把她们盖住，用树叶子把她们遮起来。

天鹅没有看见她们，飞过去了。

小姑娘连忙又跑。她跑了又跑，只剩下没有多少路了。这时候天鹅看见了她，嘎嘎地叫着飞过来，拍着翅膀，好像要把弟弟从她手里拉出来似的。

小姑娘跑到炉灶那里：“炉灶妈妈，把我藏起来吧！”

“那么你先吃了我的小黑麦饼。”

小姑娘赶快把饼塞进嘴里，带着弟弟一块儿走进炉灶，坐在灶口。

天鹅飞来飞去，叫来叫去，最后一无所获飞回老妖婆那里去了。

小姑娘对炉灶说过谢谢，就和弟弟一块儿回家。

正在这时候，爸爸妈妈也回来了。

小拇指

从前有个老头儿，有个老太婆。有一回，老太婆切卷心菜，不小心切掉了一根手指头。她把手指头用布条儿裹起来，放在凳子上。

忽然她听见有人在凳子上哭。她赶快打开布条儿，看见里面躺着一个大拇指那么大小的孩子。

老太婆很奇怪，害怕起来了……

“你是谁？”

“我是你的儿子，我是你的大拇指变出来的。”

老太婆把他拿起来，看见这孩子小得只有一点儿，放在地上简直看不见。老太婆就叫他小拇指。

小拇指在他们的身边过日子。这孩子的身材一点儿也不见长大，可是他的脑子却比大人还聪明。

有一回，他说：“我的爸爸在哪儿啊？”

“他下地去了。”

“我去找他，帮帮他的忙。”

“去吧，好孩子。”

他走到田地上：“好哇，爸爸！”

老头儿东张西望。

“多么古怪！听见声音，却看不见人。这是谁跟我说话呢？”

“是我啊——是你的儿子啊。我帮你耕地来了。爸爸，你坐下来吃点儿东西，歇会儿吧！”

老头儿很高兴，就坐下来吃中饭。小拇指爬进马耳朵，开始耕地，他又关照他爸爸说：“如果谁想买我，你就大胆地卖吧：你用不着怕——你不会失去我的，过后我就回家。”

这时候有一个老爷走过，看了看，觉得很奇怪：只见马走，木犁耕地，可是看不见人！

“马自己会耕地：这种事情倒是没看见过，倒是没听说过！”

老头儿对老爷说：“哪儿的话，你难道瞎了眼吗？这是我的儿子在耕地哪。”

“把他卖给我吧！”

“不行，我不卖：有了小拇指，我跟老婆子才有快活，才有开心。”

“卖了吧，老头儿！”

“也好，给我一千个卢布吧。”

“怎么这么贵呀？”

“你自己看吧：这孩子个子小，胆子大，跑得快，使唤起来灵活！”

老爷给了他一千个卢布，拿起小孩子，放在口袋里就回家了。

小拇指将口袋咬了一个窟窿，离开了老爷。

他走了又走，一直走到黑夜。

他在路边的草叶子底下躲起来，睡熟了。

一只饿狼跑过来，把他一口吞下去。

小拇指活生生地坐在狼的肚子里，无忧无虑的。

可是那灰狼可倒霉啦：它看见一群羊正在吃草，看羊的睡熟了，正要偷偷地走过去拖羊——小拇指拉直了嗓子大叫：“看羊的，看羊的，看羊的嗳！你还睡哪，狼来拖羊了！”

看羊的醒过来，拿起棍子去赶狼，还放狗去咬它，狗把它乱扯——扯得狼毛满天飞！灰狼好不容易才脱了身。

狼连力气都没有了，眼看要被活活地饿死。它求小拇指说：“你爬出来吧！”

“你把我送回家去给我爸爸妈妈，我就爬出来。”

没办法。狼跑进村子，一直跑到老头儿的房子。

小拇指马上从狼的肚子里跳出来：“打狼啊，打灰狼啊！”

老头儿一把抓起拨火棍，老太婆一把抓起铁叉——抡起来就打。他们打死了狼，剥下了皮，给小拇指做了一件皮袍子。

严寒老公公

从前有个老头儿，他娶了个老婆续弦。老头儿有个小女儿，老太婆也有个小女儿。

大家都知道跟后母过日子是怎么样的：这样做吧——挨打，那样做吧——也挨打。可是亲生女儿呢，不管她做什么事情，母亲总是摸摸她的头：好一个聪明的姑娘啊。

前妻的女儿喂牛吃喂牛喝，又砍柴又打水，生炉子，打扫房屋——天还没亮就动手干了，可是总没法子称那老太婆的心——什么都不对，什么都不好。

风呼呼地吹吧，也会停下来，可是老太婆一生气呀——就不容易平静了。最后那后母还想把前妻的女儿害死。

“老头子，”她对丈夫说，“你高兴带她上哪儿去，就快用车子带她上哪儿去吧，别让我的眼睛看见她！把她带到树林子里去吧，带到冰天雪地里去吧。”

老头儿很伤心，哭起来了，可是有什么办法呢，争不过那老太婆啊。他套好了马：“可爱的女儿，上雪橇吧。”

他把自己无家可归的女儿带进树林子，放在一棵大枞树下面的雪堆里，自己就走了。

小姑娘坐在枞树下面直发抖，浑身打哆嗦。忽然她听见不远的地方，严寒老公公沿着枞树一路哩哩啦啦地响，从一棵枞树跳到另一棵枞树，发出“毕毕剥剥”的声音。他来到坐着小姑娘的那棵树上，低头问她：“你暖和吗，小姑娘？”

“暖和的，严寒老公公，暖和的，老爷子。”

严寒老公公降低一些，“哩哩啦啦”响得更厉害，“毕毕剥剥”响得更厉害：“你暖和吗，小姑娘？你暖和吗，漂亮的孩子？”

她好不容易抽了一口气：“暖和的，严寒老公公，暖和的，老爷子。”

严寒老公公降得更低，“哩哩啦啦”响得更厉害，“毕毕剥剥”响得更厉害。

“你暖和吗，小姑娘？你暖和吗，漂亮的孩子？你暖和吗，可爱的孩子？”

小姑娘快冻僵了，好不容易才动了动舌头：“唉，暖和的，亲爱的严寒老公公！”

严寒老公公可怜小姑娘，就用暖和的皮袍子裹住她，拿绒被暖和她。

后母已经在给她弄祭品，在那儿烤饼了，她对她丈夫嚷着说：“去呀，老家伙，去把你的女儿带回来埋了吧！”

老头儿于是赶雪橇到树林子里去，来到那一块地方——哈，他的女儿就坐在那棵大枞树下面，又开心又快活，脸蛋红红的，穿着一件貂皮袍子，全身披金戴银，在她身边还有一大箱贵重的财物。

老头儿是多么高兴啊，他把所有的财物放在雪橇上，让女儿坐上去，连人带财物一块儿装回家。

家里老太婆正在烤饼，小狗在桌子底下说："汪汪汪！老头儿的女儿披金戴银回家门，老太婆的女儿没人来提亲。"

老太婆扔下块饼给它："别这么叫！你说：'老太婆的女儿有人来配亲，老头儿的女儿只剩一副骨头回家门……'"

小狗吃完了饼，还是说："汪汪汪！老头儿的女儿披金戴银回家门，老太婆的女儿没人来提亲。"

老太婆扔饼给它吃也好，打它也好，小狗还是老一套说法……

忽然院子门嘎吱嘎吱响，屋子门打开了，前妻的女儿走进屋子——披着金戴着银，浑身闪闪发亮。一个又高又重的箱子随后被搬进来。老太婆一见——摊开了两只手……

"老家伙，再去套一匹马！你把我的女儿也带到树林子里去，就放在那个地方。"

老头儿让老太婆的女儿坐上雪橇，把她带进树林子，带到原先那地方，放在那棵高大枞树下面的雪堆里，自己就走了。

老太婆的女儿坐在那儿，牙齿叩牙齿咯咯地响。

严寒老公公沿着树林子一路哩哩啦啦地响，从一棵枞树跳到另一棵枞树，发出"毕毕剥剥"的声音，他望了望老太婆的女儿:“你暖和吗，小姑娘？”

她回答他说:“哟，冷啊！严寒老公公，你别哩哩啦啦、毕毕剥剥地吵啦……”

严寒老公公降低一些，“哩哩啦啦”响得更厉害，“毕毕剥剥”响得更厉害:“你暖和吗，小姑娘？你暖和吗，漂亮的孩子？”

“哟，脚哇手哇都冻僵啦！你滚吧，严寒老公公……”

严寒老公公降得更低，吹得更厉害，毕毕剥剥地响得更厉害:“你暖和吗，小姑娘？你暖和吗，漂亮的孩子？”

“哟，你冻坏我了！滚吧，去你的吧，该死的严寒老公公！”

严寒老公公一生气，把老太婆的女儿一下子冻僵了。

天才亮，老太婆就吩咐她丈夫说:“快去套马吧，老家伙，去把我的好女儿，把我披金戴银的好女儿带回来……”

老头儿走了。小狗在桌子底下叫:“汪汪汪！老头儿的女儿有人来提亲，老太婆的女儿骨头装在布口袋里回家门。”

老太婆扔了块饼给它:“别这么叫！你说:‘老太婆的女儿披金戴银回家门……’”

可是小狗还是老一套:“汪汪汪！老太婆的女儿骨头装在布口袋里回家门……”

院子大门“嘎吱”一声响，老太婆冲出去迎接自己的女儿。可是她揭开毛布来一看，死了的女儿躺在雪橇里。

老太婆放声大哭，可是已经太晚了。

企唯，企唯，企唯卓

从前有个老头儿，有个老太婆。他们两口子日子过得很穷苦，木柴也没有，松明[①]也没有。

老太婆吩咐老头儿说："你到树林子里去砍些木柴回来吧。"

老头儿动身就去了。他来到树林子里，挑了一棵树，拿斧子开始砍。

忽然一只小鸟儿从树里跳出来问他："企唯，企唯，企唯卓，老头儿啊要什么？"

"嗨，老婆子要木柴和松明。"

"回家去吧，你有了许许多多的木柴和松明了。"

老头儿听了它的话——就不砍树了。他回到家里——只见满院子都是木柴和松明。他把小鸟儿的事情告诉老太婆，老太婆对他说："咱们的房子很糟糕——去吧，老头子，再到树林子里去一趟，看小鸟儿能不能把咱们的房子修好。"

老头儿听了她的话，来到树林子里，找到那一棵树，拿起斧子来就砍。

① 松明是旧时俄国农民点着当灯火用的木片。

小鸟儿又跳出来:“企唯,企唯,企唯卓,老头儿啊要什么?”

“嗨,鸟儿啊,我的房子糟糕极了,你能不能把它修好?”

“回家去吧,你有了一座新房子了,而且里面什么都有。”

老头儿回到家里,认不出家来了:他那院子里有一座样子很阔气的新房子,堆的粮食吃不光,养的马、牛、羊数不清。

他们过了没有多久,老太婆过厌了这种富贵生活,就对老头儿说:“咱们什么都满足了,就差咱们还是庄稼人的身份,谁也不尊敬咱们。去吧,老头子,你去问问那小鸟儿——看它能不能把你变成一个官儿,把我变成一个官太太。”

老头儿拿起斧子,来到树林子里,找到了那一棵树,动手就砍。小鸟儿跳出来:“企唯,企唯,企唯卓,老头儿啊要什么?”

“嗨,亲爱的小鸟儿,你能不能把我变成一个官儿,把我的老太婆变成一个官太太?”

“回家去吧,你就要是一个官儿了,你的老太婆呢——就要是一个官太太了。”

他于是回家去啦。他在村子里走过——大家脱下帽子,大家都怕他;院子里都是仆人,老太婆穿得像个贵妇人。

他们过了没多久,老太婆又得寸进尺了:“官大人——这有什么了不起呀!国王要咱们坐牢,你我就只好坐牢了。去吧,老头子,到小鸟儿那儿去问问它——看它能不能把你变成国王,把我变成王后。”

没有办法。老头儿又拿起斧子，走到树林子里去，动手就砍那棵树。小鸟儿跳出来："企唯，企唯，企唯卓，老头儿啊要什么？"

"嗨，亲爱的鸟儿妈妈呀，是这么回事：你能不能把我变成一个国王，把我的老婆子变成一个王后？"

"跑回家去吧，你就要是一个国王了，你的老太婆就要是一个王后了。"

他一到家，使者已经上门来请他："国王死了，你被推举继承他的王位了。"

老头儿和老太婆做国王和王后做了没有多久，老太婆做王后好像又不过瘾了："国王——这有什么了不起呀！神仙要咱们死，咱们就只好被埋到湿泥土里去了。去吧，老头子，到小鸟儿那儿去问问它——看它能不能把咱们变成神仙……"

老头儿拿起斧子，走到那棵树旁边，想要把它连根砍掉。小鸟儿跳出来："企唯，企唯，企唯卓，老头儿啊要什么？"

"做做好事吧，小鸟儿，把我变成神仙吧。"

"好的，回家去吧，你就要变成一头公牛①了，你的老婆子就要变成一只母猪了。"

老头儿变成了一头公牛。他回到家里一看——他的老太婆变成了一只母猪。

---

① 在俄文里，"神仙"和"牛"的发音很相近。

凭梭鱼的吩咐

从前有一个老头儿，生下三个儿子：两个聪明，第三个是傻瓜叶密里雅。

两个哥哥出去干活，叶密里雅一天到晚躺在暖炕上，什么事情也不管。

有一回，两个哥哥到市场上去了，他的两个嫂嫂就派他做事情："叶密里雅，去打水吧。"

他在暖炕上对她们说："不高兴……"

"叶密里雅，去吧，要不去呀，你哥哥打市场上回来，不送你好东西。"

"那么，也好。"

叶密里雅打暖炕上爬下来，穿上鞋子，穿好衣服，拿起水桶和斧子，走到河上去。

他在冰上敲了个窟窿，打了两桶水，他把水放在一旁，只管朝窟窿里望。叶密里雅看见窟窿里有一条梭鱼。他想了一个办法，把那梭鱼捉到手："瞧，鱼汤可鲜哪！"

梭鱼忽然对他说话："叶密里雅，把我放回水里去吧，我对你会有用处的。"

叶密里雅笑起来:“你对我会有什么用处呢? ……不行,我把你带回家,吩咐嫂嫂拿你烧汤。鱼汤可鲜哪。”

梭鱼又求他说:“叶密里雅呀叶密里雅,把我放回水里去吧,你要什么,我就给你做什么。”

“也好,不过你先得让我看一看,确定你实实在在不是骗我的,那么我就放了你。”

梭鱼问他说:“叶密里雅呀叶密里雅,你说吧——你现在想要什么呢?”

“我想叫那些水桶自己回家,水一点儿也不泼出来……”

梭鱼对他说:“记住我这话:你想要什么东西,只要说:‘凭梭鱼的吩咐,照我的愿望。’”

叶密里雅于是说:“‘凭梭鱼的吩咐,照我的愿望’——水桶,你们自己走回家去吧……”

他话才说完——水桶已经自己上山了。叶密里雅于是把梭鱼放回窟窿里去,自己跟着水桶走。

水桶走过村子,大家奇怪得不得了,可是叶密里雅跟在后面哈哈笑……水桶走进小房子,自己站到长凳子上去,叶密里雅只管自己爬上暖炕。

过了不知道多少时候——两个嫂嫂又对他说:“叶密里雅,你怎么躺着哪?去劈柴吧。”

“不高兴……”

“你不劈柴呀,哥哥们打市场上回来,不送你好东西。”

叶密里雅不高兴地从暖炕上爬下来。他想起了梭鱼，就偷偷地说："'凭梭鱼的吩咐，照我的愿望'——斧子，去吧，劈柴去吧，木柴——自己到屋子里来，搁到炉灶里去吧……"

斧子从长凳子底下跳出来——走到院子里去劈柴，木柴自己走进小房子，爬到炉灶里去了。

过了不知道多少时候——两个嫂嫂又说："叶密里雅，木柴都没有了。你坐车子到树林子里去砍柴吧。"

他从暖炕上对她们说："可是要你们这两个人是来干吗的？"

"什么——要我们是来干吗的？……到树林子里去砍柴，难道这是我们的事情吗？"

"我不高兴……"

"好，不送你东西。"

没办法。叶密里雅从暖炕上爬下来，穿上鞋子，穿好衣服。他拿起绳子和斧子，走到外面院子来，坐在雪橇上说："嫂嫂，打开院子门吧！"

两个嫂嫂对他说："你怎么啦，小傻瓜，马还没有套，已经坐到雪橇上了？"

"我用不着马。"

嫂嫂打开院子门，叶密里雅轻轻地说："'凭梭鱼的吩咐，照我的愿望'——雪橇，走吧，到树林子里去吧……"

雪橇自己走出院子门，快得连骑了马也赶不上。

进树林子得穿过市镇，他到了镇上，撞倒了许多人，压伤了许多人。大家嚷着说："捉住他！捉住他！"可是他只管赶雪橇，一直来到树林子里："'凭梭鱼的吩咐，照我的愿望'——斧子，你们砍那些干点儿的树吧，木柴，你们自己到雪橇上去，自己捆起来吧……"

斧子开始砍柴，砍那些干的树，木柴自己上雪橇，自己用绳子把自己捆起来。接着叶密里雅吩咐斧子给他砍了一根棍子——这棍子连举起来都挺费劲的。他坐上雪橇："'凭梭鱼的吩咐，照我的愿望'——走吧，雪橇，回家去吧……"

雪橇飞跑回家。叶密里雅又经过刚才撞倒了许多人、压伤了许多人的市镇，镇上的人早就在那儿等着他了。他们一把捉住叶密里雅，把他从车子上拖下来，一拳一脚地打他。

他看事情不妙，就偷偷地说："'凭梭鱼的吩咐，照我的愿望'——喂，棍子，揍他们的腰吧……"

大头棍子跳起来——噼里啪啦地乱敲。人们跑开散开，叶密里雅于是回到家里，爬上暖炕。

过了不知道多少时候——国王听说叶密里雅有魔法，就派一个军官来找他——把他找到了带到王宫里去……

那军官来到叶密里雅住的村子，走进叶密里雅住的房子，问道："你是傻瓜叶密里雅吗？"

他从暖炕上回答："你来干什么？"

"快穿衣服吧，我带你去见国王。"

"可是我不高兴……"

军官生了气，给了他一个巴掌。可是叶密里雅偷偷地念：“‘凭梭鱼的吩咐，照我的愿望’——大头棍子，揍他的腰吧……”

大头棍子跳起来——噼里啪啦地把军官敲了一顿，敲得他好不容易逃走了……

连军官也对付不了叶密里雅，国王觉得很奇怪，就把他的大臣叫来：“你去把傻瓜叶密里雅带到我的王宫里来，要是带不来呀，我要你的脑袋。”

大臣买了葡萄干、乌梅、姜饼，来到那个村子，走进那座房子，问叶密里雅的两个嫂嫂，叶密里雅喜欢什么。

“我们的叶密里雅喜欢人家客客气气地求他，答应送他红袍子——那时候，你求他什么他都肯干。”

大臣给叶密里雅葡萄干、乌梅和姜饼，对他说：“叶密里雅呀叶密里雅，你躺在暖炕上做什么？咱们坐车子去见国王吧。”

“我在这儿暖和得很……”

“叶密里雅呀叶密里雅，国王会给你吃好的，喝好的——谢谢你，咱们走吧。”

“我不高兴……”

“叶密里雅呀叶密里雅，国王要送你红袍子、皮帽子、靴子的。”

叶密里雅想了想：“那么好吧，你先走一步，我随后就来。”

大臣走了以后，叶密里雅还是躺着，念道：“‘凭梭鱼的吩咐，照我的愿望’——喂，暖炕，到国王那儿去吧……”

这时候屋子里的墙角噼里啪啦地响起来了，屋顶摇动起来了，墙壁飞出去了，炉灶自己走过大街，走过小巷，一直走到国王的地方……

国王朝窗子外面一望，觉得很奇怪："好一件怪事儿！"

大臣回答他说："这是叶密里雅坐暖炕来看你了。"

国王走到外面台阶上："怎么搞的，叶密里雅，有许多人来告你！你压伤不少人啦。"

"他们干吗爬到我的雪橇下面来呢？"

这时候，国王的女儿马丽雅公主从窗子里望他。叶密里雅看见她在窗子里，暗暗地说："'凭梭鱼的吩咐，照我的愿望'——让国王的女儿爱上我吧……"

接着他又说："暖炕，回家去吧……"

暖炕于是转过身回家了，它走进屋子，回到原来的地方。叶密里雅重新躺了又躺。

可是王宫里喊叫跟眼泪一起来。马丽雅公主舍不得叶密里雅，她没有他活不下去，求爸爸将她嫁给叶密里雅。这下子国王可倒霉了，伤心了，又对大臣说："你去把叶密里雅带来给我，死的也好，活的也好，要是不带来呀，我要你的脑袋。"

大臣买了甜酒和各式各样的点心，来到那个村子，走进那座房子，请叶密里雅大吃大喝。

叶密里雅喝够了，吃饱了，醉了，就睡着了。大臣把他装进车子，带到国王的地方来。

国王马上吩咐把一个箍铁圈的大木桶滚过来。他把叶密里雅和马丽雅公主放进去，封起木桶，扔到海里去。

过了不知道多久——叶密里雅醒了，他看见周围黑漆漆的，而且挤得很："我这是在哪儿啦？"

有人回答他说："又闷又作呕呢，亲爱的叶密里雅！他们把咱们封在木桶里，扔到蓝色的海里来了。"

"你是什么人？"

"我是马丽雅公主。"

叶密里雅说："'凭梭鱼的吩咐，照我的愿望'——狂风，把木桶吹到干的岸上、黄的沙地上去吧……"

狂风吹呀吹。海洋翻腾起来了，把木桶送到干的岸上、黄的沙地上去。叶密里雅和马丽雅公主从木桶里走出来。

"亲爱的叶密里雅，咱们住到哪儿去好呢？随便盖一座什么小房子吧。"

"我不高兴……"

她求他求得更加紧，他就念道："'凭梭鱼的吩咐，照我的愿望'——金屋顶的石头宫殿，盖出来吧……"

他话才说完——就出现了一座金屋顶的石头宫殿。它四面八方有绿色的花园：花儿开着，鸟儿唱着。马丽雅公主和叶密里雅走进宫殿，在小窗子旁边坐下来。

"亲爱的叶密里雅，你不能够变成一个美丽的人吗？"

叶密里雅想也不想就说："'凭梭鱼的吩咐，照我的愿望’——我要变成一个好汉、一个很美很美的美男子……”

叶密里雅于是变成一个美男子，像他这样的美男子，童话里没有讲到过，笔墨从来没有形容过。

这时候国王出来打猎，看见在原先什么也没有的地方，有了一座宫殿。

“没得到我的允许，就在我的土地上盖宫殿了，这多么不守规矩呀？”

他派人去查问：“这是什么人？”

派去的人跑到那边，站在窗子底下问。

叶密里雅回答他们说：“请国王上我这儿来玩吧，我来亲口告诉他。”

国王到他那边去玩。叶密里雅出来迎接他，带他走进宫殿，请他坐在桌子旁边。他们于是吃起酒席来了。国王一面吃一面喝，心里很奇怪：“好汉子，你到底是谁呀？”

“你还记得傻瓜叶密里雅——他怎样坐了暖炕来见你，你吩咐把他和你的亲生女儿封进木桶，扔到海里去吗？我就是叶密里雅。我想把你的整个国家都烧光毁掉哪。”

国王怕得要命，就求他原谅：“娶了我的女儿吧，亲爱的叶密里雅，拿去我的国家吧，只要你饶了我的命！”

于是国王大摆酒席。叶密里雅娶了马丽雅公主，他开始管理国家。

这故事到这儿完了，谁听了我这故事——谁就是好汉子。

下卷

开场白

在大海上，在大洋上，在布亚纳岛上长着一棵树。有一只咕噜猫在树上走来走去：它朝上走——就唱歌，它朝下走——就讲故事。

这还不是故事，这不过是开场白罢了，整个故事还在后面哪。故事将要在早上吃过饭，吃过软面包以后给大家讲起来。

到不知道是什么地方的地方去，带回不知道是什么东西的东西来

从前，某一个国家有一个国王，这国王是独身的——还没有成亲。他手下有一个射手，名字叫作安德烈。

有一回，射手安德烈出去打猎。他在树林子里走了又走，走了一整天——可是运气不好，一只野禽也没有碰到。天快黑了，他就回头走，心里很难过。他忽然看见——树上停着一只斑鸠。

他心里想："让我把这鸟儿射下来也好。"

他一箭射出去，把它射伤了——斑鸠从树上落到了湿地上。安德烈捡起斑鸠，想要扭转它的脑袋，放到布口袋里去。

可是斑鸠对他说："射手安德烈，你不要弄死我，不要扭我的脑袋，你把我活活地带走，带回家里去，放在小窗子上吧。你要看着，等到我一打瞌睡——你就用右手手背打我：这样做，你会得到莫大的幸福的。"

射手安德烈觉得很奇怪：这是怎么回事

儿啊？它那样子完全是只小鸟，讲的却是人话。他于是把斑鸠带回家，放在小窗子上，自己站在那里等。

过了不大一会儿，斑鸠就把头搁在翅膀底下，打起瞌睡来了。安德烈马上想起它吩咐他的话，于是用右手手背打了它一下。斑鸠一跤摔在地上，变成了一个大姑娘——马丽雅公主，这样一个美丽的人儿啊，叫人想也想不出来，猜也猜不出来，这是只有在童话里才讲到的。

马丽雅公主对射手说："你能够带我回来，就要能够留住我——你好好地准备酒席办喜事吧。我来做你诚实和快活的妻子。"

那件事情，双方讲定了。射手安德烈娶了马丽雅公主，跟这年轻的老婆一起过日子——快快活活的。可是他并没有忘记公事：每天早晨，他天没亮就走进树林子，射下野禽来送到国王的厨房里去。

他们这样过了不久，马丽雅公主说："你日子过得很穷苦哇，安德烈！"

"是啊，正像你所看到的。"

"你想法子借一百个卢布，拿这笔钱去买点儿各种丝线回来吧，我来让整个儿的事情变好。”

安德烈听了她的话，就到朋友们那里去，问这个借一个卢布，问那个借两个卢布，买了各种丝线，带回来给他老婆。马丽雅公主接过丝线，对他说：“你去睡吧，早晨要比晚上清醒些。”

安德烈躺下来睡觉，马丽雅公主坐下来纺织。她织了一个通宵，织出了一张毯子，这样的毯子，天底下谁也没有见过：那上面把整个王国都织上去了，有城市有乡村，有森林有田地，有天上的飞鸟，有山里的野兽，有海中的游鱼，还有月亮和太阳团团地转着……

第二天早晨，马丽雅公主把毯子交给丈夫：“你拿到商场里卖给商人去吧，不过得小心——不要开价钱，人家给多少，你拿多少就是了。”

安德烈接过毯子，挂在手上，沿着一排一排的货摊走。

一个商人跑到他面前来：“听我说啊，可敬的人，你要多少钱呢？”

“你是买卖人，你开价钱吧。”

这商人想了又想——估不出这毯子的价钱来。另外一个人跑来了，接着又是一个人跑来了。一大堆商人围起来望着毯子，觉得奇怪，可是估不出价钱来。

正在这时候，国王的顾问官经过这商场，很想知道商人们围起来干什么。他走出四轮马车，费了很大的劲，才连推带挤地穿过这一大堆人，问他们说："好哇，各位老板，外地客人！你们商量什么呀？"

"是这么回事儿：我们有一张毯子估不出价钱来。"

国王的顾问官望了望毯子，也觉得奇怪："告诉我吧，射手，你老老实实地告诉我：这样好的一张毯子，你是从哪儿弄来的？"

"这个……是我老婆织的。"

"你这毯子要多少钱呢？"

"我自己也不知道。我老婆吩咐我不要讲价钱：人家给多少，我就拿多少。"

"好吧，射手，我就给你一万。"

安德烈接过钱，把毯子交给他，就回家了。这边国王的顾问官去见国王，给他看毯子。

国王一看——他的整个王国都被了如指掌地织在毯子上了，他于是赞叹了一声说："喂，随你要什么吧，毯子我是不还你了！"

国王拿出两万卢布，一手交一手地给了顾问官。顾问官接过了钱，心里想："没关系，我再去给自己订一张更好的。"

他重新坐上四轮马车到乡下去。国王的顾问官找到射手安德烈住的小房子，就"砰砰砰"地敲门。马丽雅公主开门放他进去。可是国王的顾问官一只脚跨过门槛，另一只脚却提不起来，他说不出话来了，自己的事情全给忘了：这样一个美人儿站在面前，他那双眼睛没法子从她身上挪开，只管望着望着。

马丽雅公主等他说话，等了又等，最后她推顾问官的肩膀，把他转了个身，关上了门。他好不容易才醒过来，没精打采地一步一步踱回家。从那一天起，他吃也吃不下，喝也喝不进：射手的老婆老在他的脑子里出现。

国王看出了这件事情，于是问他为什么这样发愁。

顾问官对国王说："唉，我看见了一个射手的老婆，老是想着她！我为了她呀，不想喝，不想吃，从来没有这样的迷魂药把我迷住过。"

国王很想看看射手的老婆。他穿上便服，坐车子来到乡下，找到了射手安德烈住的小房子，上前"砰砰砰"地敲门。马丽雅公主开门放他进去。可是国王一只脚跨过门槛，另一只脚却提不起来，他愣住了：一个没法子形容的美人儿站在他面前。

马丽雅公主等他说话，等了又等，最后她推了推国王的肩膀，把他转了个身，关上了门。

国王害起相思病来了。他心里想："我为什么要独身不成亲呢？还是和这美人儿成亲吧！她不该做射手的老婆，她注定要做王后的。"

国王回到王宫，想出了一个坏主意——要活活拆散人家夫妻。他把顾问官叫来，对他说："你去想法子害死射手安德烈。我要娶他的老婆。你想得出来——我赏你城堡和金钱，你想不出来——哼，我要你的脑袋。”

国王的顾问官心里发愁，低着头走了。他想不出来要怎样害死射手，于是苦恼地走进一家酒店，去喝点儿葡萄酒。

一个酒鬼穿着破破烂烂的农民外套，跑到他面前来：“国王的顾问官，你为什么发愁哇，干吗垂头丧气呀？”

“走开吧，酒鬼！”

“你别赶我，还是给我叫一小杯葡萄酒，让我来指点指点你吧。”

顾问官给他叫了一杯葡萄酒，把自己的苦处告诉了他。

酒鬼就对他说：“害死射手安德烈并不难——他本人很简单，就是他老婆狡猾得要命。好吧，咱们来出这么个难题，叫他办不了。你回去对国王说：叫他派射手安德烈到阴间去，打听国王的爸爸过得怎么样。安德烈这一去，可就回不来啦。”

国王的顾问官谢过酒鬼——就跑去见国王：“如此这般，就可以害死射手了。”

国王的顾问告诉国王派安德烈到什么地方去，派他去干什么。

国王很高兴，就吩咐手下把射手安德烈叫来。

“喂，安德烈，你侍候我还算忠心诚实，你再给我办一件事情吧：你到阴间去，问候我的爸爸过得好不好。要是不去呀，我用大刀砍掉你的脑袋……”

安德烈回到家里，坐在凳子上，低着头。马丽雅公主问他："你怎么不快活啊？莫非有什么倒霉事情吗？"

安德烈把国王给他的差使一五一十地告诉了她。

马丽雅公主说："你原来为这个发愁哇！这还不算什么差使哪，这不过是件小事情罢了，差使还在后头呢。你去睡吧，早晨要比晚上清醒些。"

第二天大清早，安德烈一醒，马丽雅公主就交给他一袋饼干和一只金戒指："你去见国王，请求和国王的顾问官一起去，你说他要不去呀，人家会不相信你到底到过阴间没有。你跟同伴上路的时候，只要把小戒指往前一扔，它自然会带着你走。"

安德烈接过饼干和戒指，辞别了老婆，来到国王的地方，向他请求找一个路上的同伴。国王没有办法，只好答应了，吩咐顾问官跟安德烈一块儿下阴间去。

他们两人于是起程了。安德烈把戒指一扔——戒指一路滚起来。安德烈跟着它走，走过平原旷野，走过沼泽地苔藓地，走过河流湖池，国王的顾问官紧紧地跟着他。

他们走累了，就吃点儿饼干——然后再上路。

他们走了不知道多久，走了不知道多远，一直来到一座浓密茂盛的树林子。他们走下一个很深的山谷，戒指到这儿停住了。

安德烈和国王的顾问官坐下来吃饼干。瞧吧，有两个小鬼赶着一个老得不能再老的国王拉木柴哪——他拉了满满一车子的木柴经过他们面前，两个小鬼拿棍子赶那国王，一个在右面赶，一个在左面赶。

安德烈说："看哪，这不是咱们国王死了的父亲吗？"

"你说得对，正是他在拉木柴。"

安德烈对两个小鬼大叫："喂，鬼老爷！这个死人，你们让他放松一会儿也好，我得问他几句话。"

小鬼回答他说："我们在赶时间哪！难道叫我们自己来拉木柴吗？"

"我这儿有一个新人，你们把他拿去顶替吧。"

好，小鬼卸下老国王，把国王的顾问官拿去顶他的位置，套在车子上，拿棍子在两边赶他走——他弯了腰曲了背，也只好拉。

安德烈开始问老国王日子过得怎么样。

"唉，射手安德烈啊，"老国王回答他说，"我在阴间里，日子过得坏极了！你替我去给儿子问好，并且对他说：我再三叮嘱他不要再欺压人民，要不然啊，他将来也要跟我一样的。"

他们才把话说完，小鬼们已经把空车子赶回来了。安德烈辞别了老国王，向小鬼要回国王的顾问官，就往回走了。

他们回到自己的王国，到了王宫。

国王一看见射手，就怒气冲冲地向他扑过来："你还有胆子回来？"

射手安德烈回答他说："如此这般，我在阴间里碰到了您死去的父亲。他日子过得苦极了，他吩咐我向您问好，还再三叮嘱您不要再欺压人民。”

“你怎么能证明你到过阴间，见过我的爸爸呢？”

“我可以这样证明：在您那位顾问官的背上，小鬼用棍子赶他的印子，到现在还可以看出来。”

国王于是相信了，他没有办法——只好放安德烈回家。接着他又对顾问官说：“你去想法子害死那射手，要想不出法子来呀——我用大刀砍掉你的脑袋。”

国王的顾问官走了，头低得更厉害。他走进酒店，坐在桌子旁边，叫了杯葡萄酒。酒鬼跑到他面前来：“国王的顾问官，你为什么发愁哇？你给我叫一杯酒，让我来指点指点你吧。”

顾问官给他叫了一杯葡萄酒，把自己的苦处告诉了他。酒鬼对他说：“你回去告诉国王，叫他给射手这么一个差使，派他到很远很远的地方去，到很远很远的王国里，把一只咕噜猫带回来。这差使不要说他完成不了，就是想出来也挺费劲的……”

国王的顾问官跑到国王那里，叫他给射手一个差使，让他回来不了。国王于是把安德烈叫来。

“喂，安德烈，你给我办好了一件差使，现在再给我办一件吧：你到很远很远很远的王国里，给我把一只咕噜猫带回来。你要带不回来呀——我用大刀砍掉你的脑袋。”

安德烈回到家里，头低得更厉害，他把国王吩咐他做的事情告诉了老婆。

“原来为这个发愁哇！”马丽雅公主说，“这还不算什么差使哪，这不过是件小事情罢了，差使还在后头呢。你去睡吧，早晨要比晚上清醒些。”

安德烈去睡觉，马丽雅公主到铁铺子里吩咐铁匠打了三顶铁帽子、一把铁钳子、三根棍子：一根是铁的，一根是铜的，一根是锡的。

大清早，马丽雅公主叫醒安德烈：“我给你这三顶铁帽子、一把铁钳子、三根棍子，你到很远很远的地方去，到很远很远很远的王国里。等你就差三俄里没走到的时候，你会瞌睡得不得了——这是咕噜猫弄得你瞌睡的。可是你不要睡觉，你要用力摆手，使劲地把腿迈出去，有些地方，你还要滚。你要是一睡着，咕噜猫就会要你的命的。”

马丽雅公主教会他怎么办和怎么做，就让他起程了。

故事讲得快，事情做起来可没有那么快——话说射手安德烈来到了很远很远很远的王国。他还差三俄里没走到，就瞌睡起来了。安德烈把三顶铁帽子戴在头上，用力摆手，使劲地把腿迈出去——有些地方他还需要滚。

他好不容易熬住瞌睡，忽然发觉自己到了一根高柱子旁边。

咕噜猫看见安德烈，就“呜呜”叫起来，“咕咕”叫起来，同时从柱子上跳到他的头顶上来——它抓破了一顶铁帽子，接着又抓破了一顶铁帽子，眼看它就要抓第三顶了，射手安德烈用铁钳子夹住那猫，把它拉到地上来，用棍子揍它。他先用铁棍子揍，铁棍子断了，他换铜棍子揍，铜棍子也断了，他又换锡棍子揍。

锡棍子弯曲了，可是没有断。安德烈揍哇揍，猫开始讲故事，可是安德烈不去听它，只管用棍子收服它。

猫受不住了，它眼看魔法不灵验，就哀求他说："放了我吧，好人儿！你要什么，我全给你办到。"

"你肯跟我一块儿走吗？"

"你要我上哪儿去，我就上哪儿去。"

安德烈往回走，把咕噜猫带在后面。他回到自己的王国，带了猫走进王宫，对国王说："如此这般，我把差使办完了，把猫给您带来了。"

国王很惊奇，就说："好，咕噜猫，给我瞧个恐怖的事情吧。"

猫于是磨利爪子，把爪子向国王伸过去，想撕开国王的白胸膛，从这活人身上把心挖出来。

国王害怕了："射手安德烈，对不起，叫这猫别动手吧！"

安德烈叫住了那猫，把它锁到笼子里去，就只管自己回家，到马丽雅公主那儿去了。他跟年轻的老婆一天天嘻嘻哈哈地过日子。可是国王的相思病越来越厉害。他又把顾问官叫来："你得想出办法害死射手安德烈，你要什么我给你什么，你要是想不出办法来呀，我用大刀砍掉你的脑袋。"

国王的顾问官径直走到酒店，找到那个穿破衣服的酒鬼，求他救命，拿个主意。酒鬼喝了一杯葡萄酒，擦擦嘴唇上的胡子。“你到国王那儿去，”他说，“告诉他叫射手安德烈到不知道是什么地方的地方去，带回不知道是什么东西的东西来。这件事情，安德烈一千年一万年也办不到，这样他就回不来啦。”

顾问官跑到国王那里，把这些话都告诉了他。国王于是把安德烈叫来。

“你给我办了两件差使，现在给我办第三件吧：你到不知道是什么地方的地方去，带回不知道是什么东西的东西来。办得到嘛——厚厚赏你，做不到嘛，我用大刀砍掉你的脑袋。”

安德烈回到家里，坐在凳子上哭起来了。马丽雅公主问他：

“亲爱的，你怎么不快活啊？莫非又有什么倒霉事情吗？”

“唉，”他说，“因为你的美貌哇，我要承受所有的不幸啦！国王吩咐我到不知道是什么地方的地方去，带回不知道是什么东西的东西来。”

“这差使才算是件差使哪！好，没关系的，你去睡吧，早晨要比晚上清醒些。”

马丽雅公主等到夜里，翻开一本魔法书，读了又读，看了又看，后来把书丢开，捧起了头：国王出的难题，书上一个字也没有提到。马丽雅公主走到台阶口，拿出手帕来扬了扬，各种鸟儿都飞来了，各种野兽都跑来了。

马丽雅公主问它们说：“树林子里的野兽，天空上的鸟儿，你们野兽到处跑，你们鸟儿到处飞——你们有没有听说过，怎样到不知道是什么地方的地方去，带回不知道是什么东西的东西来呀？”

野兽和鸟儿回答她说：“没有，马丽雅公主，这件事情我们一点儿也没有听说过。”

马丽雅把手帕一扬——野兽和鸟儿不见了，好像根本没来过似的。她又把手帕扬了扬——这次她面前出现了两个巨人：“您有什么吩咐？您有什么需要？”

“我的忠实仆人，带我到海洋中心去吧。”

巨人把马丽雅公主举起来，带到海洋里，他们站在深深的海中心——像柱子一样站着，把她举在手上。马丽雅公主把手帕扬了扬，海里所有的爬虫和鱼都游到她面前来了。

“你们这些海里的爬虫和鱼儿，你们到处游来游去，到过一切海岛，你们有没有听说过，怎样到不知道是什么地方的地方去，带回不知道是什么东西的东西来呀？”

“没有，马丽雅公主，这件事情我们一点儿也没有听说过。”

马丽雅公主发起愁来了，吩咐两个巨人送她回家。两个巨人把她举起来，送回安德烈的院子，放在台阶上。

大清早，马丽雅公主准备好让安德烈起程，给了他一个线球、一条绣花毛巾。

“你把线球向前一扔，它滚到哪里，你就跟到哪里。你看着，它到了什么地方，你就在那里洗个澡，记得不要擦别人的毛巾，要擦自己的。”

安德烈辞别了马丽雅公主，向四方鞠过躬，就出城去了。他把线球向前一扔，线球一路滚——滚了又滚。安德烈跟在它后面走。

故事讲得快，事情做起来可没有这么快。话说安德烈经过了许多国家，经过了许多地方。线球一路滚，上面的线一路脱下来；线球于是越滚越小，滚得只有鸡头那么大；再滚下去，它小得在路上看也看不出来了……安德烈走到一片树林子，看见那里有一间鸡脚架的小房子。

“小房子啊小房子，你转个身，前面转到我这边来，后面转到树林子那边去吧！”

小房子转了个身，安德烈走进去，看见一个白发老太婆坐在凳子上，正在纺麻。

“哈哈，俄罗斯人的声音听也没有听到过，样子看也没有看见过。现在俄罗斯人倒自己上门来了。我马上就把你放到炉灶里去烧，吃你的肉，骑你的骨头跑。”

安德烈回答老太婆说：“老妖婆，你怎么吃起过路人来了！过路人皮包骨头、蓬头垢面，你先烧热洗澡房，让我洗干净再吃也不迟啊。”

老妖婆烧热了洗澡房。安德烈洗干净，拿出他老婆的毛巾来擦。

老妖婆问他："这毛巾你是从哪儿弄来的？这是我女儿绣的嘛。"

"你女儿嫁给我做媳妇啦，她给了我这条毛巾。"

"嗐，心肝好女婿，拿什么给你吃好呢？"

老妖婆于是去准备晚饭，她把各种食物、葡萄酒和蜜糖端出来。安德烈也不客气——坐在桌子前面狼吞虎咽地吃起来了。老妖婆坐在他旁边——他一面吃，她一面问他是怎样娶的马丽雅公主，他们日子过得好不好。安德烈一五一十都告诉了她：他是怎样娶的马丽雅公主，国王怎样派他到不知道是什么地方的地方去，带回不知道是什么东西的东西来。

"老妈妈，你帮帮我的忙才好！"

"唉，好女婿，你要知道，这件不可思议的怪事情，就连我也没有听说过。有一只老青蛙会知道这件事情的，它在沼泽地里住了三百年了……嗯，没有关系，你去睡吧，早晨要比晚上清醒些。"

安德烈睡了，老妖婆拿起两把扫帚，飞到沼泽地上去，叫道："老婆婆啊，跳跳跳的青蛙呀，你还活着吗？"

"我还活着。"

"你从沼泽地里走出来吧。"

老青蛙从沼泽地里走出来，老妖婆问它："你知道那不知道是什么地方的地方在什么地方吗？"

"知道。"

“请你指点指点，做做好事吧。我的女婿接到了一件差使：要到不知道是什么地方的地方去，带回不知道是什么东西的东西来。”

青蛙回答她说：“我本来很愿意送他去，可是我太老了，跳不到那里去了。叫你的女婿把我放到刚挤下来的新鲜牛奶里，带到火河边去吧，那时候我再告诉他。”

老妖婆带了青蛙飞回家，挤了一壶牛奶，把青蛙放在里面，第二天大清早，她叫醒了安德烈：“喂，亲爱的女婿，快穿衣服吧。这壶新鲜牛奶里有一只青蛙，你带着这壶牛奶坐在我的马上，它把你带到火河边去。到了那里，你把马放走，放出壶里的青蛙，它会告诉你该怎么办的。”

安德烈穿好衣服，拿起牛奶壶，骑上老妖婆的马。过了不知道多少时候，马飞跑着把他带到火河边。这条河没有一只野兽跳得过，没有一只鸟儿飞得过。

安德烈从马背上下来，青蛙对他说：“好汉，你把我从壶里放出来吧，咱们现在渡过这条河。”

安德烈把青蛙从壶里拿出来，放在地上。

“喂，好汉，现在坐到我的背上来吧。”

“哪儿的话呀，老婆婆，你这样小，说不定我会把你压死的。”

“不要怕，你不会把我压死的。你坐好，坐得稳点儿。”

安德烈坐在跳跳跳的青蛙背上。它开始胀起来了。它胀啊胀啊——胀得像个小干草堆那么大。

“你坐稳了吗？”

“坐稳了，老婆婆。”

青蛙又胀啊胀啊——胀得更大，像个大干草堆那么大。

“你坐稳了吗？”

“坐稳了，老婆婆。”

它又胀啊胀啊——胀得比黑沉沉的森林还要高，一跳——就跳过了火河，把安德烈带到了对岸，重新又缩小。

“好汉，你顺着这条小路走吧，你将要看见一间望楼又不是望楼、房子又不是房子、板棚又不是板棚的东西，到了里面，你站到炉灶后面去。你可以在那里找到那不知道是什么东西的东西。”

安德烈顺着小路走，看见一间很旧的房子不是房子的东西，它四面围着篱笆，没有窗子，没有台阶。他走进去，躲在炉灶后面。

这样等了不大一会儿，树林子里隆隆地响起来，接着有一个胡子有手臂那么长、个子只有指甲那么小的庄稼人走进屋子，叫道：“喂，纳乌姆亲家公公，我想吃！”

他一叫，不晓得打哪儿出现了一张摆好酒菜的桌子，那上面有一桶麦酒，有一头烤牛，牛上插着一把磨利的快刀。那个胡子有手臂那么长、个子只有指甲那么小的庄稼人在牛旁边坐下来，抽出那把磨利的刀，动手把肉割下来，蘸蘸大蒜吃下去，赞不绝口。

他把牛连最后一根骨头也啃完了，把一桶麦酒喝了个精光。

“喂，纳乌姆亲家公公，你把桌子收回去吧！”

桌子忽然不见了，就跟没有出现过一样——骨头没有了，酒桶没有了……安德烈等着，等到那个胡子有手臂那么长、个子只有指甲那么小的庄稼人一出去，就从炉灶后面走出来，鼓起勇气叫道：“纳乌姆亲家公公，给我吃的吧……”

他一叫，不知道打哪儿出现了一张桌子，那上面有各式各样的冷荤、蜜饯、葡萄酒和蜜糖。

安德烈坐在桌子旁边，说：“纳乌姆亲家公公，坐下来吧，老兄，咱们一块儿吃，一块儿喝吧。”

一个看不见人的声音回答他说：“好人儿，谢谢你！我在这儿侍候了好些年了，连一块焦面包皮也没有见过，可是你却请我坐下来吃。”

安德烈看了看，觉得很惊奇：什么人也没有看见，可是仿佛有人用小扫帚把食物从桌子上扫走，葡萄酒和蜜糖自己流进酒杯——酒杯一跳一跳又一跳。

安德烈于是问道：“纳乌姆亲家公公，你显出真身给我看看吧！”

“不行，谁也不能看见我，我是不知道是什么东西的东西。”

“纳乌姆亲家公公，你愿意侍候我吗？”

“为什么不愿意呢？我看你是个好人。”

他们吃完了。安德烈说：“喂，把所有的东西收拾好，你跟我一块儿走吧。”

安德烈走出小房子，四面望望：“纳乌姆亲家公公，你在这儿吗？”

“我在这儿。你不要怕，我不会离开你的。”

安德烈来到火河边，青蛙在那儿等着他：“好汉，你找到了不知道是什么东西的东西没有哇？”

“找到了，老婆婆。”

“你坐到我的身上来吧。”

安德烈又坐到它身上，青蛙开始胀啊胀啊，背着他一跳就跳过了火河。

他谢过了跳跳跳的青蛙，就起程回自己的王国去。他走了又走，接着回过头来问：“纳乌姆亲家公公，你在这儿吗？”

“我在这儿。你不要怕，我不会离开你的。”

安德烈走了又走，路程还远着哪——他一双快腿走不动了，一双白手松下来了。

“唉，”他说，“我累成什么样子啦！”

可是纳乌姆亲家公公对他说：“你干吗早不对我说？我可以很快就把你送到目的地。”

一阵猛烈的旋风卷起了安德烈，把他带走——山岗、森林、城市、乡村在下面一晃就过去了。安德烈在深深的海上飞，他怕起来了。

“纳乌姆亲家公公，咱们还是喘口气再走吧！”

风马上小下来，安德烈降落到海面上。他看见在蓝色的波浪汹涌澎湃的地方，出现了一座小岛，小岛上有一座金屋顶的宫殿，宫殿四周有美丽的花园……纳乌姆亲家公公对安德烈说：“你歇一会儿，吃点儿东西，喝点儿东西，望着海面吧。马上就有三只大商船经过。你去招呼那些商人，请他们客，让他们好好吃一顿——他们有三件宝贝。你拿我去换这些宝贝吧——你不要怕，我会回到你的身边来的。”

过了不知道多少时候，西方漂来了三只船。船主看见了这座小岛，看见小岛上有一座金屋顶的宫殿，宫殿四周有美丽的花园。

“多么奇怪？”他们说，“这地方咱们经过多少次了，原先除了蓝色的海，咱们什么也没有看见过。让咱们靠过去吧！”

三只船抛下了锚，三个商人，也就是船主，坐上小船，向小岛划来。射手安德烈早就过来迎接他们了：“请啊，亲爱的客人。”

三个商人一路走一路惊叹：屋顶闪闪发亮，树上的鸟儿唱歌，路上的珍奇野兽跳来跳去。

“好人儿，你告诉我们吧，这座不可思议的房子是谁盖的呢？”

“是我的仆人纳乌姆亲家公公一个夜里盖起来的。”

安德烈把客人带进屋子：“喂，纳乌姆亲家公公，你摆酒席让我们大吃大喝吧！”

不知道打哪儿出现了一张摆满了酒菜的桌子，你能想得到的东西都应有尽有了。三个商人光是叹气。

“好人儿，”他们说，“咱们来交换吧：你可以拿你的仆人纳乌姆亲家公公跟我们换任何宝贝。”

“我为什么不换呢？不过你们有什么宝贝呀？”

一个商人从怀里拿出一根棍子。只要对它说：“喂，棍子，揍这人的腰！”随便你要揍哪一个大力士，棍子自己就会去揍断他的腰。

第二个商人从衣裳底下拿出一把斧子，只要把斧子背向上一翻——斧子自己就会马上叩起来：叩一下——一只船出来了；叩一下——又是一只船出来了。船上有帆，有大炮，有勇敢的水手。船开了，大炮放了，勇敢的水手来听吩咐了。

只要把斧子背再向下一翻——所有的船马上不见了，好像没有出现过似的。

第三个商人从口袋里摸出一支箫，只要把箫一吹——军队就出现了：又有骑兵，又有步兵，有枪，还有炮，军队走起来了，军乐响了，旗子飘扬了，骑士们跑来听吩咐了。

那商人再把箫的另外一头一吹——什么都没有了，全不见了。

射手安德烈说：“你们的宝贝很好，不过我的更加值钱。你们如果想交换——就把三件宝贝都给我，然后把我的仆人纳乌姆亲家公公换走。”

“这要的太多了吧？”

“你们自己也知道，不这样我就不换。”

商人们想来想去：“我们的棍子、斧子和箫有什么用处呢？还是换了吧，有了纳乌姆亲家公公，我们一天到晚用不着操心，就可以酒又醉饭又饱啦。”

三个商人于是把棍子、斧子和箫交给安德烈，嚷着说：“喂，纳乌姆亲家公公，我们要把你带走了！你肯忠心侍候我们吗？”

看不见人的声音回答他们说：“为什么不侍候呢？我跟谁过日子都是一样的。”

三个商人回到自己的船上，吩咐摆酒席——他们又吃又喝，叫了一次又一次：“纳乌姆亲家公公，快点儿啊，给我们这个，给我们那个！”

他们全都喝得烂醉，坐在哪里，就在哪里倒下来睡着了。

话说射手一个人在屋子里，发起愁来了：“唉，”他想，“我的忠实仆人纳乌姆亲家公公，他现在在哪儿呢？”

“我在这儿。你要什么？”

安德烈快活得不得了："纳乌姆亲家公公，咱们是不是该回老家，回到我那年轻老婆的身边去了？你带我回去吧。"

一阵旋风重新把安德烈卷起来，带他回国，放在老地方。

三个商人醒来，想起醉了一晚上，最好喝点儿酒醒醒胃："喂，纳乌姆亲家公公，你让我们吃点儿东西、喝点儿东西吧，快点儿啊！"

他们叫了多少回，嚷了多少次，可是没有用处。他们再一看哪，小岛没有了：在小岛的原址上，只看见蓝色的波浪汹涌澎湃。

三个商人非常伤心："唉，坏人把咱们骗了！"——可是没有办法，他们只好扬起帆，开到他们要去的地方去。

再说射手安德烈飞回了自己的老家，降落在自己的小房子旁边，一看——小房子没有了，只有一个烧焦了的烟囱突出来。

他把头垂得比肩膀还低，出城来到蓝色大海的旁边，来到一块空地上。他在那儿坐了好大一会儿。忽然之间，不知道打哪儿飞来了一只深蓝色的斑鸠，它落到地上，变成了他年轻的老婆马丽雅公主。

夫妻俩互相拥抱，互相问好，接着你问我我问你，你听我说我听你说。

马丽雅公主告诉他："自从你离家以后，我变成一只深蓝色的斑鸠在大林子小林子里飞。国王三次打发人来叫我去，可是找不到我，于是放火烧掉了小房子。”

安德烈说：“纳乌姆亲家公公，你能不能在这蓝色大海的岸边，在这块空地上给我们盖一座宫殿？”

“怎么不能够？马上就办到。”

还没来得及眨眼——宫殿已经盖好了。它说不出的漂亮，比国王的王宫还要好。它四面都是绿色的花园，鸟儿在树上唱歌，珍奇的野兽在路上跳蹦。

射手安德烈和马丽雅公主一块儿走进宫殿，坐在窗口谈话，相亲相爱。他们无忧无愁地过日子，过了一天，过了两天，过了三天。

这时候国王出来打猎，走到蓝色大海的边上，看见在原先什么也没有的地方，出现了一座宫殿。

“哪一个无礼的人，居然不问我一声，就在我的土地上盖起房子来了？”

探子跑去调查明白，回来告诉国王，说那宫殿是射手安德烈盖的，他和他年轻的老婆马丽雅公主住在里面。

国王更加生气，就吩咐他去查问安德烈到过不知道是什么地方的地方没有，带回不知道是什么东西的东西来没有。

探子跑去调查明白，回来告诉国王说：“射手安德烈到过不知道是什么地方的地方了，得到了不知道是什么东西的东西。”

这下子国王简直气昏了，他下令军队集合起来，开到海边去把宫殿捣毁，把射手安德烈和马丽雅公主残酷地杀死。

安德烈看见大军向他开来，连忙拿起斧子，把斧子背向上一翻。斧子叩一叩——一只船漂在海面上了，再叩一叩——又是一只船漂在海面上了。它叩了一百次，就有一百只船漂在蓝色的海上。

安德烈又摸出箫来，把它一吹——军队出来了：又有骑兵，又有步兵，还有大炮和旗子。

指挥官们骑着马跑来跑去等候命令。安德烈吩咐开战。于是军乐奏起来了，鼓敲起来了，兵团移动了。步兵打垮了国王的军队，骑兵飞跑着上前捉俘虏。一百只船的大炮隆隆地轰打国王的京城。

国王看见自己的军队逃走，连忙冲到军队前面去不许他们跑。这时候安德烈摸出棍子："喂，棍子，去敲断这个国王的腰骨吧！"

棍子自己翻着跟头走，赶上了国王，"啪"的一下打中了他的脑门，把他打死了。

战争于是结束了。大家从城里涌出来，请求射手安德烈接管这个国家。

安德烈并不推让。他大大地摆了一顿酒席，跟马丽雅公主一块儿管理这个国家，一直管到老。

返老还童苹果和起死回生水的童话

从前，某一个王国有一个国王，他有三个儿子：大儿子叫作费陀尔，第二个儿子叫作瓦西里，小儿子叫作伊凡。

国王很老了，眼睛也不行了，可是他听说在很远很远的地方，在很远很远很远的王国里，有一个长着返老还童苹果的花园，有一口盛着起死回生水的井。老头儿如果吃了这种苹果——就会年轻，盲人如果用这种水擦眼睛——就会重见光明。

国王大摆酒席，把公侯贵族都请来，对他们说："孩子们哪，你们谁愿意自告奋勇，到很远很远的地方去，到很远很远很远的王国里，把返老还童苹果带回来给我，用一个有十二个嘴的瓶子装一瓶起死回生水回来给我呢？我死了以后，就分给这位骑士半个王国。"

这时候，大官儿躲到中等官员后面，中等官员躲到小官儿后面去，可是小官儿里面呢，一声回答也没有。

费陀尔王子走出来说："我们不愿意把王国分给别人。爸爸，我去走一遭，把返老还童苹果带回来给你，用一个有十二个嘴的瓶子装一瓶起死回生水回来给你。"

费陀尔王子来到马房，给自己挑了一匹没骑过的马，装上一副没装过的马鞍，拿起一根没抽过的鞭子，扣上十二根肚带——这不是为了装饰，而是为了牢靠一点儿……费陀尔王子于是起程了。大家只看见他上马，可没来得及看见他打哪一个方向跑掉了……

他走了不知道多远，走过低地，走过高山，从早上走到晚上，从日出走到日落。他走到一个三岔路口。三岔路口上放着一块石板，上面写着：

"朝右边走——救了自己丢了马。朝左边走——救了马丢了自己。朝当中走——娶个好媳妇。"

费陀尔王子想了想："就到娶好媳妇的地方去吧。"

他转身向娶好媳妇的那条路走。他走了又走，走到一座金顶的房子。一个漂亮姑娘从房子里出来，对他说："王子，我把你从马鞍上拉下来，你跟我一块儿进去吃一顿，睡一晚上吧。"

"不行，好姑娘，我不想吃。睡了一晚上，路还是要走的，我得继续赶路哪。"

"王子，你别忙着走，快做你爱做的事情吧。"

漂亮的姑娘把他拉下马鞍，带他进屋子。她给他吃，给他喝，再侍候他上床睡觉。

费陀尔王子才上床躺下，这漂亮姑娘就很快地把床来了个翻身，他于是飞也似的跌进地窖，落到深坑里去了……

过了不知道多久——国王又摆酒席，把公侯贵族都请来，对他们说："喂，孩子们哪，你们谁愿意自告奋勇，去把返老还童苹果带回来给我，用一个有十二个嘴的瓶子装一瓶起死回生水回来给我呢？我死了以后，就分给这位骑士半个王国。"

这时候，大官儿又躲到中等官员后面，中等官员又躲到小官儿后面去，可是小官儿里面呢，一声回答也没有。

第二个儿子瓦西里王子走出来："亲爱的爸爸，我不愿意把王国分给别人。我去走一遭，把这些东西带回来，交到你的手里。"

瓦西里王子来到马房，给自己挑了一匹没骑过的马，装上一副没装过的马鞍，拿起一根没抽过的鞭子，扣上十二根肚带。

瓦西里王子于是起程了。大家只看见他上马，可没来得及看见他打哪一个方向跑掉了……这样，他来到那个三岔路口。路口上放着一块石板，他看见上面写着：

"朝右边走——救了自己丢了马。朝左边走——救了马丢了自己。朝当中走——娶个好媳妇。"

瓦西里王子想了想，就走了娶好媳妇的那条路。他来到那座金顶的房子。一个漂亮姑娘走出来，请他进去吃一顿，睡一晚上。

"王子，你别忙着走，快做你爱做的事情吧……"

她于是把他拉下马鞍，带他进屋子，给他吃，给他喝，再侍候他睡觉。

瓦西里王子才上床躺下，她又把床来了个翻身，他就落到地窖里去了。

里面有人问他："掉下来的是谁？"

"瓦西里王子。坐着的是谁？"

"费陀尔王子。"

"嗐，哥哥，咱们都掉下来了！"

过了不知道多久，国王第三次大摆酒席，把公侯贵族都请来："你们谁愿意自告奋勇，去把返老还童苹果带回来给我，用一个有十二个嘴的瓶子装一瓶起死回生水回来给我呢？我死了以后，就分给这位骑士半个王国。"

这时候，大官儿又躲到中等官员后面，中等官员又躲到小官儿后面去，可是小官儿里面呢，一声回答也没有。

伊凡王子走出来说："亲爱的爸爸，你给我祝福吧，从我激烈的头一直祝福到敏捷的腿，祝福我走到很远很远很远的王国里——给你找到返老还童苹果和起死回生水，还找到我的两个哥哥吧。"

国王给他祝了福。伊凡王子走进马房——想给自己挑一匹马。他朝哪匹马一望，那匹马就发抖，他的手在哪匹马身上一放，那匹马就倒下来……

伊凡王子挑不出一匹理想的马。他一路走，一路痛苦地低着头。后院的老太婆碰见了他："你好哇，孩子，伊凡王子！你为什么这样愁眉苦脸地走路哇？"

"老婆婆，我怎么不发愁呢——我挑不出一匹理想的马。"

“你早就该问我了。有一匹好马被铁链锁上了，关在那边的监牢里，你可以去要它——它准是你理想的马。”

伊凡王子走到监牢前面，望铁板踢了一脚，把铁板踢得翻转过来。他向好马跳过去，那马用前腿站在他的肩膀上。伊凡王子站在那里——一动也不动。马挣脱铁链，从监牢里跳出来，把伊凡王子也拖出来了。伊凡王子给它装上一副没装过的马勒，放上一副没骑过的小马鞍，再加上十二根肚带——这不是为了好看，而是为了伟大的光荣。

伊凡王子于是起程了。大家只看见他上马，可没来得及看见他打哪一个方向跑掉了……他来到三岔路口，心里想：“朝右边走——丢了马——没了马我可怎么办？一直走——

娶个好媳妇——我出来不是为了娶媳妇。朝左边走——救了马——这条路对我来说是最好的。”

他于是转过身来，朝那条救了马丢了自己的路走去。他走了不知道多久，走过低地，走过高山，走过青草地，又走过石头山，从早上走到晚上——从日出走到日落——直到来到一间小房子。

这小房子架在鸡脚上，有一个小窗子。

“小房子啊小房子，你转个身，后面转到树林子那边去，前面转到我这边来吧！我怎样走到你里面去，待会儿也怎样走出来。”

小房子转了个身，后面转到树林子那边去，前面转到伊凡王子这边来。他迈步走进房子，房子里坐着一个老妖婆。她在扔丝一样的麻线，把线搭过衣裳竿子。

“哈哈，”她说，“俄罗斯人的样子看也没有看见过，声音听也没有听到过，现在俄罗斯人倒自己上门来了。”

伊凡王子对她说：“唉，你这老妖婆，骨头腿，还没捉住鸟儿——就想拔毛了，你还没认识年轻好汉——就说坏话了……你最好马上起来，给我这过路的年轻好汉吃点儿东西，喝点儿东西，准备床铺给我住一晚上。等到我躺下来，你再坐在床头上问我，我自然会告诉你我是什么人，打哪儿来的。”

老妖婆把这些事情都办到了——她给伊凡王子吃过，喝过，侍候他上了床。她坐在枕头旁边问他：“过路人，好汉，你是谁呀，你是打哪儿来的？你是什么地方的人哪？你是哪一个爸爸、哪一个妈妈的儿子啊？”

“奶奶，我是打某一个王国来的，我是国王的儿子伊凡王子。我要到很远很远的地方去，到很远很远的一个湖旁边的一个很远很远很远的王国里，去找起死回生水和返老还童苹果。”

“嗐，我亲爱的孩子，你还得走很远啊：这些起死回生水和返老还童苹果，是一个强大有力的女勇士蓝眼睛姑娘的，她是我的亲侄女。我不知道你是不是能够得到这些个宝贝……”

“老婆婆，你把头贴到我有力的肩膀上来，把我指点得聪明点儿吧。”

“许多年轻人走过，难得有几个讲话是有礼貌的。好孩子，你骑我的马吧。我的马利落点儿，它把你带到我的二姐那儿去，她会教你的。”

第二天早晨，伊凡王子起得早早的，洗得白白的。他谢谢老妖婆让他住了一晚上，就骑着她的马走了。

忽然他对马说：“停下来！我掉了一只手套。”

马回答他说：“你讲话的时候，我已经跑了两百俄里了……”

伊凡王子走了不知道多远。天晚了。他看见前面有一座鸡脚架的小房子，这房子有一个小窗子。

“小房子啊小房子，你转个身，后面转到树林子那边去，前面转到我这边来吧！我怎样走到你里面去，待会儿也怎样走出来。”

小房子转了个身，后面转到树林子，前面对着他。

忽然有一匹马叫起来，伊凡王子骑着的马也答了一声。

这两匹马是一个马群里的。

一个比先前那个更老的妖婆听见这声音，就说："大概是妹妹来看我了。"

她走到台阶上："哈哈，俄罗斯人的声音听也没有听到过，样子看也没有看见过，现在俄罗斯人倒自己上门来了。"

伊凡王子对她说："唉，你这老妖婆，骨头腿，迎客凭衣服，送客凭智慧。你还是接过我的马，给我这过路好汉吃点儿东西，喝点儿东西，再给我一张床睡觉吧……"

老妖婆把这些事情都办到了——她接过马，给伊凡王子吃过，喝过，侍候他上了床，就开始问他是谁，打哪儿来，上哪儿去。

"老婆婆，我是打某一个王国来的，我是国王的儿子伊凡王子。我要到强大有力的女士蓝眼睛姑娘那儿去要起死回生水和返老还童苹果……"

"嗐，亲爱的孩子，我不知道你是不是能够得到这些个宝贝。你很难到蓝眼睛姑娘那儿去的！"

"老婆婆，你把头贴到我有力的肩膀上来，把我指点得聪明点儿吧。"

"许多年轻人走过，难得有几个讲话是有礼貌的。好孩子，你骑我的马吧，它会跑到我姐姐那边去。她教你怎么办，要比我好多啦。”

伊凡王子在这老太婆家里过了一晚上，早晨起得早早的，洗得白白的。他谢谢老妖婆让他住了一晚上，就骑着她的马走了。这匹马比那一匹马还要快。

忽然伊凡王子说：“停下来！我掉了一只手套。”

马回答他说：“你讲话的时候，我已经跑了三百俄里了。”

事情做起来慢，故事讲起来快。话说伊凡王子从早上走到晚上——从日出走到日落。他来到一座鸡脚架的小房子，这房子有一个小窗子。

“小房子啊小房子，你转个身，后面转到树林子那边去，前面转到我这边来吧！我不在这儿住百年千年，就只住一个晚上。”

忽然有一匹马叫起来，伊凡王子骑的马跟着答应。一个老妖婆走到台阶上，她年纪挺老的，比那一个还要老。她看见马是妹妹的马，可是骑马的是个外国人，是个漂亮的好汉。

这时候，伊凡王子有礼貌地向她鞠了个躬，请求住一晚上。没有办法啊！住的地方不能够随身带——可是住的地方人人都需要：步行的人也好、骑马的人也好、穷人也好、有钱人也好。

老妖婆把事情都办好了——她接过马，给伊凡王子吃过，喝过，开始问他是谁，打哪儿来，上哪儿去。

“老婆婆，我是打某一个王国来的，我是国王的儿子伊凡王子。我在你小妹妹那儿过了一晚上，她叫我到她二姐那儿去，她二姐又叫我到你这儿来。你把头贴到我有力的肩膀上来，把我指点得聪明点儿吧，怎样才能得到蓝眼睛姑娘的起死回生水和返老还童苹果呢？”

“也好，伊凡王子，我帮你的忙。我的侄女蓝眼睛姑娘是个强大有力的女勇士。在她的王国四周，有一座三俄丈高、一俄丈厚的城墙，大门旁边有卫兵——有三十个大力士。他们不会放你进门的。你必须在半夜里骑了我的好马去。你到了城墙边——就用没抽过的鞭子在马身上那么一抽，马就跳过城墙了。你把马拴好，走进花园。这时候你将看见一棵结着返老还童苹果的苹果树，苹果树下有一口井。你摘下三个苹果，一个也不要多摘。然后你用有十二个嘴的瓶子从井里装一瓶起死回生水。蓝眼睛姑娘这时候睡着了，你可不要走到屋子里去看她。你骑上我的马，在它硬挺的身上一抽，它就会背了你跳过城墙的。”

伊凡王子不在老妖婆家里过夜，骑着她的好马连夜走了。这马飞也似的跑，跳过沼泽地和苔藓地，尾巴扫过河流和池湖。

走了不知道多少时候，走过低地又走过高山，伊凡王子半夜来到那座高高的城墙。大门口的卫兵——三十个大力士都睡着了。他夹紧自己那匹好马，用没抽过的鞭子把它一抽。马鼓起了气，一跳就跳过了城墙。伊凡下马走进花园，看见一棵银叶子金苹果的苹果树，树下有一口井。伊凡王子摘下三个苹果，一个也没有多摘，接着他又用有十二个嘴的瓶子从井里装了一瓶起死回生水。他很想见见那位有气力的女勇士蓝眼睛姑娘。

伊凡王子走进屋子，只见屋子里这边躺着六个女勇士，那边躺着六个女勇士——都是些大力士姑娘，蓝眼睛姑娘在当中翻来覆去，睡着了，发出像急流的河水那么响的声音。

伊凡王子忍不住，躬身亲了亲她才出去……他刚骑上那匹好马，马就对他说："伊凡王子，你不听话，走到屋子里去看蓝眼睛姑娘！现在我跳不过城墙了。"

伊凡王子用没抽过的鞭子把马一抽。

"你这匹马，你这喂狼的东西、草包，咱们可不能在这儿过夜啊，脑袋要搬家的！"

马比来的时候更加鼓起了气跳过城墙，可是它的一只脚碰到了墙——墙头上的弦响起来了，钟响起来了。

蓝眼睛姑娘醒过来，看见东西被人偷去了："起来吧，咱们叫人偷掉不少东西了！"

于是她吩咐把自己那匹大力士马装上马鞍，和十二个女勇士一块儿冲出去追赶伊凡王子。

伊凡王子赶着马拼命地跑，蓝眼睛姑娘在他后面紧紧地追。他来到老妖婆的地方，老妖婆已经把马牵出来准备好了。他从骑着的马上下来，换了一匹马，重新向前跑……伊凡王子才出门，蓝眼睛姑娘已经进门，问那老妖婆说："老婆婆，这儿没有一只牲口走过吗？”

“没有哇，亲爱的孩子。”

“老婆婆，这儿没有一个小伙子走过吗？”

“没有哇，亲爱的孩子。你一路辛苦，最好喝点儿牛奶。”

“老婆婆，我倒是很想喝，不过挤牛奶要花很多时间。”

“哪儿的话，亲爱的孩子，我很快就弄好的……”

老妖婆去挤牛奶——挤得不急不忙的。蓝眼睛姑娘喝过牛奶，又去追赶伊凡王子。

伊凡王子来到第二个老妖婆那里，换过马，又赶路向前走。他才出门，蓝眼睛姑娘就进门了：“老婆婆，这儿没有一只牲口走过吗？这儿没有一个小伙子走过吗？”

“没有哇，亲爱的孩子。你一路辛苦，最好吃点儿饼。”

“你要烤很长时间的。”

“哪儿的话，亲爱的孩子，我很快就弄好的……”

老妖婆去烤饼——烤得不急不忙的。蓝眼睛姑娘吃过饼，又去追赶伊凡王子。

伊凡王子来到最小的那个老妖婆那里，下了马，骑上自己原先那匹勇猛的马，重新赶路向前走。他才出门，蓝眼睛姑娘就进门了，问老妖婆有没有一个小伙子走过。

“没有哇，亲爱的孩子。你一路辛苦，最好在洗澡房里洗个澡。”

“你要热很长时间的。”

“哪儿的话，亲爱的孩子，我很快就弄好的……”

老妖婆热好了洗澡房，全准备好了。蓝眼睛姑娘洗过澡，又去追赶。她的马遇山过山、遇岭过岭，尾巴扫过河流湖沼。她赶上了伊凡王子。

伊凡王子看见后面那些追兵——十二个女勇士和蓝眼睛姑娘——已经追上了他，眼看就要拿下他的脑袋了。他停住了马，蓝眼睛姑娘向他直扑过来，嚷着说：“你怎么啦小偷，问也不问就喝我的井水，连井盖也不盖起来！”

他对她说：“怎么样，我们骑马来三个回合，较量较量吧。”

说着伊凡王子和蓝眼睛姑娘骑马大战三个回合，比过棍子、长矛和尖刀。他们较量了三回，棍子断了，长矛和尖刀也磕崩了——可是谁也不能够把谁打下马来。他们觉得在马上较量没意思，于是下马抱起来角力。

他们角力从早角到晚——从日出一直角到日落。伊凡王子敏捷的脚忽然一滑，跌倒在湿地上。蓝眼睛姑娘用膝盖抵住他的白胸膛，抽出一把短钢刀来想要剖开他的胸膛。伊凡王子对她说：“蓝眼睛姑娘，你不要杀我，还是抓住我的白手，把我从湿地上拉起来，亲亲我的甜嘴唇吧。”

蓝眼睛姑娘把伊凡王子从湿地上拉起来，亲亲他的嘴唇。他们在平原上、在宽阔的空地上、在青草地上搭起了帐篷。他们在这儿住了三天三夜。他们又在这儿订了婚，交换了宝石戒指。

蓝眼睛姑娘对他说："我要回家了——你也回家去吧，不过，你当心啊，别玩到别的地方去……你在你的国内等我三年吧。"

他们上了马，就分手了……过了不知道多少时候，事情做起来慢，故事讲起来快——话说伊凡王子来到三岔路口，路口有一块石头，他心里想："好得很！我现在回家了，可是我的两个哥哥连一点儿下落也没有。"

他不听蓝眼睛姑娘的话，转身沿着娶个好媳妇的那条路走去……他来到那座金屋顶的房子。到了那里，伊凡王子骑的马叫起来了，他两个哥哥的马也跟着答应。这些马是一个马群里的……

伊凡王子走上台阶，叩叩门环——连屋顶也跟着摇动，窗子也歪斜了。一个漂亮姑娘跑出来。

"唉，伊凡王子，我等了你好久了！跟我进去吃点儿东西，睡一晚上吧。"

她把他带进屋子，拿东西来招待他。伊凡王子吃得少，扔到桌子底下去的多，喝得少，倒在桌子底下的多。接着那漂亮姑娘把他带进卧室："睡吧，伊凡王子，安息吧。"

伊凡王子把她推倒在床上，将床很快地翻了个身，那姑娘就跌进地窖，落到深坑里去了。

伊凡王子在坑上躬着身体叫道："里面有活人吗？"

坑里有人回答："有费陀尔王子和瓦西里王子。"

他把他们从坑里拉出来——他们的脸黑黑的，满脸都是泥土。伊凡王子用起死回生水给两个哥哥一洗——他们又跟从前一样了。

他们上马就走……走了不知道多少时候，他们来到三岔路口。伊凡王子对两个哥哥说："你们看好我的马，我躺下来歇一会儿。"

他躺在丝一样的草上，睡得烂熟。费陀尔王子对瓦西里王子说："咱们回去，又没有起死回生水，又没有返老还童苹果——简直没有一点儿面子，爸爸会叫咱们去赶鹅的……"

瓦西里王子回答他说："咱们把伊凡王子扔到深渊里去，拿了这些东西，送到爸爸的手里去吧。"

他们于是从伊凡王子的怀里拿出返老还童苹果和一瓶起死回生水，把他提起来，扔到深渊里。伊凡王子跌了三日三夜才到底。

伊凡王子跌到海边，清醒过来只看见天空和水。海边有一棵老橡树，几只小鸟正在树下吱吱叫——风雨在吹打它们。

伊凡王子脱下身上的长外套来盖住这些小鸟，自己躲在橡树下面。

风雨停了，大鸟纳加依动身飞了。它飞回来，坐在橡树底下问小鸟说："我亲爱的孩子们哪，倾盆大雨倒没有把你们淋死？"

"妈妈，不要嚷，有一个俄罗斯人保护了我们，他用自己的外套盖住了我们。”

大鸟纳加依于是问伊凡王子说：“好人儿，为什么你会落到这儿来？”

“我的亲哥哥为了返老还童苹果和起死回生水，把我扔到深渊里来了。”

“你保护了我的孩子，你需要什么尽管问我要吧：金子啊、银子啊、贵重的宝石啊。”

“大鸟纳加依，金子、银子、贵重的宝石我全不要。我能不能回祖国去呢？”

大鸟纳加依回答他说：“你先给我弄两大桶肉吧——每一桶要十二普特重。”

伊凡王子于是在海边射死了许多鹅和天鹅，把它们塞进两个大桶，一个大桶放在大鸟纳加依的右肩膀，一个大桶放在它的左肩膀，自己坐在它的背梁上。他开始喂大鸟纳加依吃肉，大鸟纳加依扇动翅膀，飞上高高的天空。

大鸟纳加依飞呀飞的，伊凡王子给它吃啊吃的……这样飞了不知道多少时候，伊凡王子把两桶肉都喂光了。可是大鸟纳加依又回过头来。他于是拿刀在自己的腿上割下一块肉，丢进大鸟纳加依的嘴里。它飞呀飞的，又回过头来了。他从自己另外一条腿上割下一块肉来扔给它吃。这时候，再飞不远就到了。大鸟纳加依又回过头来。他从自己的胸膛上割下一块肉来扔给它。

大鸟纳加依把伊凡王子送到了祖国。

“一路上你喂我喂得很好，尤其是末了那块肉，我一辈子没吃过那么好吃的肉。”

伊凡王子给它看伤口。大鸟纳加依于是把三块肉吐出来，说：“你把它们放回原处去吧。”

伊凡王子把肉放回去，肉就长在骨头上了。

“你现在下来吧，伊凡王子，我要飞回家里去了。”

大鸟纳加依飞上天，伊凡王子一路朝自己的家乡走。

他来到京城，知道费陀尔王子和瓦西里王子把起死回生水跟返老还童苹果带回来交给了国王，于是国王的病好了：他的身体跟从前一样结实，眼睛跟从前一样锐利。

伊凡王子没回到爹娘那儿去，他结交了一群酒鬼——酒店里的一群穷人，在一家一家酒店里浪荡。

那时候，在很远很远的地方过去，在很远很远很远的王国里，女勇士蓝眼睛姑娘生下两个儿子。他们不是一天一天地长大，而是一个钟头一个钟头地长大。故事讲得快，事情做起来可没这么快——话说三年过去了。蓝眼睛姑娘带了儿子，领了兵马来找伊凡王子。

她来到他的王国，在平原上、在宽阔的空地上、在青草地上搭了一座白亚麻布的帐篷。在帐篷门口，她用五颜六色的呢绒铺出一条路来。接着她派人到京城里去对国王说：“国王，把王子交给我吧。要不给呀——我把你的整个王国都踩平烧光，连你本人也捉起来。”

国王很害怕，就把大儿子费陀尔王子派去。费陀尔王子顺着五颜六色的绒路走，来到那座白色亚麻布的帐篷。两个小孩子跑出来：“妈妈呀妈妈，来的是我们的爸爸吗？”

“不是的，好孩子，这人是你们的大伯父。”

“你说我们怎样对付他好呢？”

“好孩子，你们好好地‘招待’他一顿吧。”

两个小孩子于是拿手杖去揍费陀尔的屁股。他们揍了又揍，费陀尔好不容易才逃走了。

蓝眼睛姑娘又派人去对国王说：“把王子交给我……”

国王更加害怕，就把第二个儿子瓦西里王子派去。他来到那座帐篷。两个小孩子跑出来：“妈妈呀妈妈，来的是我们的爸爸吗？”

“不是的，好孩子，这是你们的二伯父。好好地‘招待’他一顿吧。”

两个孩子又用手杖给伯父搔了一顿痒痒。他们揍了又揍，瓦西里王子好不容易才逃走了。

蓝眼睛姑娘第三次派人去对国王说：“去吧，去把你的小儿子伊凡王子找回来吧。要找不到哇——我把你的整个王国都踩平烧光。”

国王更加害怕，就把费陀尔王子和瓦西里王子叫来，吩咐他们去找弟弟伊凡王子。他们两弟兄于是在父亲的脚下跪下来，认了一切的罪，说趁伊凡王子睡着的时候，他们是怎样偷了他身上的起死回生水和返老还童苹果，并把他扔到深渊里去了。

国王听见这话，眼睛里充满了眼泪。正在这时候，伊凡王子亲自到蓝眼睛姑娘那儿去了，酒店里那些穷人也跟着他一块儿去了。他们弄破了脚底下的呢绒，指手画脚的。

他来到白色亚麻布的帐篷。两个小孩子跑出来："妈妈呀妈妈，好一个酒鬼上咱们这儿来了，他还带来一些酒店里的穷人哪！"

蓝眼睛姑娘对他们说："你们牵着他的手，把他带到帐篷里来吧。这人正是你们的亲爸爸。他无缘无故地受了三年苦。"

他们于是牵着伊凡王子的手，把他带进帐篷。蓝眼睛姑娘给他洗过脸，梳好头发，换过衣服，侍候他睡觉。她又给酒店那些穷人一人一杯酒，他们于是回家了。

第二天，蓝眼睛姑娘和伊凡王子一块儿进王宫。于是大酒席开始了——他们用豪华的宴会来庆祝婚礼。费陀尔王子和瓦西里王子没有什么面子，被赶了出去——他们在这儿过一晚上，在那儿过一晚上，到第三个晚上，就没有地方过夜了……

伊凡王子不住在这地方，他和蓝眼睛姑娘一块儿到她的女儿国去了。

故事到这儿就完了。

母牛的儿子伊凡

某一个王国有一个国王和一个王后，他们没有孩子。尽管他们多么伤心，尽管他们请教了许多魔法师——可是他们还是没有孩子。

有一回，后院的老太婆来见他们。

她说："您在海里撒下大渔网，把一条金鳍的鱼捉上来，用许多水烧好，让王后吃下去，她自然就会怀孕了。"

国王于是吩咐下去：编一张大渔网，撒到海里去，把金鳍的鱼捉上来。捉鱼的把渔网撒到蓝色的海里去——第一次，什么也没有落到网里来；他们再撒一次——还是什么也没有落到网里来；一直到第三次，金鳍的鱼才被捉上来。

他们把鱼拿去送给国王。国王赏过了捉鱼的以后，就吩咐把鱼拿进厨房，用许多水烧好，送来给王后。厨子把鱼弄干净，洗过，烧好，脏水就泼在院子里。一头母牛走过，舔了舔这些脏水。黑宫女把鱼盛在盆子里送去给王后，半路上撕下一片小金鳍来尝了尝味儿。王后把鱼吃了下去。

同一天，同一个钟头，她们三个——母牛、黑宫女和王后都怀孕了。她们同时生下三个儿子：王后生下了王子伊凡；黑宫女生下了宫女的儿子伊凡；母牛生下一个孩子，名字叫作母牛的儿子伊凡。

三个孩子的样貌、声音、头发都一模一样。他们不是一天一天地长大，而是一个钟头一个钟头地长大；他们长大起来，就跟面团发酵胀起来一样。

过了许多时候，他们十岁了。他们开始跟别的孩子一块儿玩，可是一开玩笑就闯祸。他们抓哪个孩子的手——哪只手就断了，他们抓哪个孩子的头——哪个头就断了。好心的人都埋怨他们。

母牛的儿子伊凡于是对两个弟兄说："咱们住在国王爸爸这儿，害得大家不安，还不如到别的国家去。"

王子伊凡、宫女的儿子伊凡、母牛的儿子伊凡一块儿到国王面前，求国王给他们打三根铁棍子，再给他们祝福——让他们到别的国家去，给自己找个敌手。

国王吩咐下去打三根铁棍子。铁匠花了一个礼拜工夫炼铁，打成了三根棍子；谁也不能抓住它们的一头把它们拿起来，可是王子伊凡、宫女的儿子伊凡、母牛的儿子伊凡可以把它们在几根手指之间翻来翻去，就跟玩鹅毛一样。

三弟兄走到外面的大院子里。

"喂，好弟兄们哪，"王子伊凡说，"咱们来比比力气，看谁排老大吧。谁棍子扔得最高，谁就是大哥。"

"好，你先扔吧。"

王子伊凡一扔，棍子飞得高高的，好不容易才看得见，过了一个钟头才落下来。接着是宫女的儿子伊凡扔，棍子飞得还要高，完全看不见，过了两个钟头才落下来。最后轮到母牛的儿子伊凡扔，棍子飞过了云头，过了三个钟头才落下来。

“好，母牛的儿子伊凡，你是大哥。”

三弟兄装点好行李，请求爸爸祝福完，就骑马沿着原野一直走。

他们走过山，走过谷，走过青草地，走了不知道多少时候。故事讲起来快，事情做起来可没那么快——话说他们来到斯莫罗箕娜河边。河上有一座木桥，两岸遍地都是骷髅，堆得有膝盖那么高。

三弟兄看见一座小房子，走进去一看——里面空空的，于是想在那儿待下来。他们卸下马鞍，吃了个饱，喝了个够。天黑了，母牛的儿子伊凡对两个弟弟说："咱们每天晚上轮流出去看守，看看有没有人过桥。"

于是他们抽签：第一个晚上王子伊凡出去看守，第二个晚上宫女的儿子伊凡出去看守，第三个晚上母牛的儿子伊凡出去看守。

王子伊凡穿上鞋子，穿上衣服，到斯莫罗箕娜河的木桥上看守。他走来走去，走去走来，接着躺下来睡了。可是母牛的儿子伊凡在小房子里没有睡，他的脑子里有念头在打滚。他起来穿上鞋子，穿上衣服，拿起铁棍子，走到桥上来。王子伊凡在那儿睡着了。母牛的儿子伊凡把他夹在胳肢窝里，放到桥底下去，自己来看守。

忽然河上的水兴风作浪，橡树上的老鹰哇哇地叫，木桥隆隆地响——一个六个头的蛇妖骑马出来了；马在它下面惊住了，黑色的乌鸦在它肩膀上鼓翅膀，猎狗在它后面竖起了毛。

妖怪对它们说："你这喂狼的东西，干吗惊住了啊？你这臭乌鸦，干吗鼓翅膀啊？还有你这癞皮狗，干吗竖起了毛哇？你们是听见了朋友的声音呢，还是听见了敌人的声音呢？"

"听见了敌人的声音。"

"胡说！天底下再没有人比我更爱打架、更爱说人家坏话了——除了一个母牛的儿子伊凡。可是不但他本人不会来，就连乌鸦也不会把他的骨头叼到这儿来呀。”

这时候，母牛的儿子伊凡从桥下跳出来：“我在这里！”

妖怪问他：“母牛的儿子伊凡，你来干什么？来向我的妹妹求婚呢，还是来向我的女儿求婚呢？”

“哼，你这六个头的妖怪，你走到田野上，连亲人也不相认。咱们来比试比试吧！”

于是他们走到一块，狠狠地打起来。妖怪被打败了：母牛的儿子伊凡一下子拿下了它的三个头。

“慢着，母牛的儿子伊凡，让我歇一会儿。”

“妖怪，我可不能让你歇！照我说：打吧斗吧，别爱惜自己呀。”

于是他们重新走到一块。妖怪这么一下，把母牛的儿子伊凡打到湿地里膝盖深的地方，可是母牛的儿子伊凡回它一下，拿下了它其余的三个头：他把它的身体切碎，扔到河里去，六个头放在木桥下面。他自己呢，回到小房子里睡觉去了。

王子伊凡早晨回来。

“怎么样，弟弟，你没看见什么人走过桥吗，你没看见什么人骑马过桥吗？”两个哥哥问他。

“亲哥哥，没人走过桥，也没人骑马过桥。连苍蝇也没有一只飞过我的身边。”

第二天晚上，宫女的儿子伊凡去看守。他走来走去，走去走来，接着溜到矮树林子里睡觉去了。

可是母牛的儿子伊凡没有睡，他的脑子里有念头在打滚。一到半夜，他穿上鞋子，穿上衣服，拿起棍子，走出去站在木桥下面。

河上的水兴风作浪，橡树上的老鹰哇哇地叫，木桥隆隆地响——一个九个头的蛇妖骑马出来了。马的耳朵冒烟，鼻孔喷火。

忽然马在它下面惊住了，黑色的乌鸦在它肩膀上鼓翅膀，猎狗在它后面竖起了毛。

“你这喂狼的东西，干吗惊住了啊？你这臭乌鸦，干吗鼓翅膀啊？你这癞皮狗，干吗竖起了毛哇？你们是听见了朋友的声音呢，还是听见了敌人的声音呢？”

“我们听见了敌人的声音。不会是伊凡在这儿吧——那母牛的儿子？”

“不但他本人不会来，就连乌鸦也不会把他的骨头叼到这儿来。”

于是母牛的儿子伊凡从桥下跳出来：“你在吹牛！我在这里。”

妖怪对他说：“你来干什么？来向我的妹妹求婚呢，还是来向我的女儿求婚呢？”

“哼，你这九个头的妖怪，你走到田野上，连亲人也不相认。咱们来比试比试吧！”

于是他们走到一块，狠狠地打起来。直到打得四周地震天惊。母牛的儿子伊凡舞动棍子——把妖怪三个头像扫泥块一样扫了下来；他再舞动棍子——又扫下了三个头。妖怪回了一下，把他打到湿地里齐腰深的地方。

母牛的儿子伊凡抓起一把泥土，撒进它的眼睛。妖怪正想擦它的大眼睛，母牛的儿子伊凡把它剩下的三个头也一并扫下来了。他把它的身体切成一块一块，扔到斯莫罗箕娜河里去，九个头放在木桥下面。他自己呢，回到小房子里睡觉去了。

宫女的儿子伊凡早晨回来。

“兄弟，你没看见什么人走过桥吗，你没看见什么人骑马过桥吗？”

“没有，兄弟呀，连一只苍蝇也没有嗡嗡地飞过我的身边，连一只蚊子也没有嗡嗡地飞过我的耳朵边。”

母牛的儿子伊凡把两个弟弟带到木桥下面，指给他们看那些蛇头，羞他们说：“嗐，你们这两位勇士啊！你们怎么能够打仗呢——你们只能躺在家里的暖炕上罢了！”

第三天晚上，母牛的儿子伊凡出去看守。他在墙上插了一把刀，刀上挂了一条白毛巾，再把一个盆子放在毛巾下面的地上。

“我要去打一场惊人的大仗。你们两位弟弟可通宵不要睡觉，看着血怎样从毛巾上流下来：如果半个盆子盛满了——事情很好，如果一个盆子盛满了——也没有什么，不过要是满出盆边哪——就得快来帮我的忙了。”

母牛的儿子伊凡站在木桥下面；到了半夜，河上的水兴风作浪，橡树上老鹰哇哇地叫，木桥隆隆地响——一个十二个头的蛇妖骑马出来了。马的耳朵冒烟，鼻孔喷火，马蹄踢起来的尘土，一大堆一大堆地飞扬。

忽然马在它下面惊住了，黑色的乌鸦在它肩膀上鼓翅膀，猎狗在它后面竖起了毛。

“你这喂狼的东西，干吗惊住了啊？你这臭乌鸦，干吗鼓翅膀啊？你这癞皮狗，干吗竖起了毛哇？你们是听见了朋友的声音呢，还是听见了敌人的声音呢？”

“我们听见了敌人的声音：母牛的儿子伊凡在这儿。”

“胡说！乌鸦是不会把他的骨头叼到这儿来的。”

“嗐，你这十二个头的妖怪！”母牛的儿子伊凡一声答应，从桥下面跳出来，“乌鸦没有把我的骨头叼来，我却在这儿游荡。”

“你来干什么？”

“我来看看你呀，恶魔，来试试你的力气。”

“这样说来，你杀了我的两个弟弟啦？你还想来打赢我吗？我只要吹一口气——你就连骨头灰也不剩了。”

“我不是来跟你开玩笑的，咱们来拼个你死我活吧！”

母牛的儿子伊凡把棍子一挥，扫下了妖怪的三个头。妖怪从地上把这三个头抓起来，用火手指在它们上面一擦——三个头重新又长到它的身上了，仿佛从来没有从它肩膀上掉下来过似的。现在它反过来打了母牛的儿子伊凡一下，把他打到湿地里齐膝盖深的地方。

这光景他很糟糕。

“慢着，恶魔，你让我歇一会儿！”

妖怪让他歇一会儿。母牛的儿子伊凡脱下右手手套，朝房子那边一扔。手套打破了门窗，可是他的两个弟弟睡着了，什么也没有听见。

母牛的儿子伊凡又把棍子一挥，挥得比上一回更加有力——扫下了妖怪的六个头。妖怪从地上把它们抓起来，用火手指在它们上面一擦——所有的头又恢复成原来的样子了；现在它反过来打母牛的儿子伊凡，把他打到湿地里齐腰深的地方。

“慢着，恶魔，你让我歇一会儿！”

母牛的儿子伊凡脱下左手手套，把它一扔——手套打落了房子的屋顶，可是两个弟弟还在睡觉，什么也没有听见。

他第三回挥棍子，这一回挥得比上两回更加有力，扫下了妖怪的九个头。妖怪从地上把它们抓起来，用火手指一擦——头又长上去了；这一回，它把母牛的儿子伊凡打到湿地里齐肩膀深的地方。

“慢着，恶魔，你让我歇第三回吧！”

母牛的儿子伊凡脱下帽子，朝小房子一扔；小房子塌了，整座房子的梁柱都四分五裂。

两个弟弟于是醒过来，看见整条毛巾都是血，血已经溢出了盆子边。

他们大吃一惊，连忙拿起棍子出去帮大哥的忙。母牛的儿子伊凡这时候正手脚灵活地切断了妖怪的火手指。接着三弟兄一块儿动手把妖怪的头打下来……他们从早打到晚，最后打赢了十二个头的蛇妖，把它的头全部打下来，把它的身体切成一块一块，扔到斯莫罗箕娜河里去。

第二天大清早，他们装好马鞍就起程了。忽然母牛的儿子伊凡说："慢着，我的手套给忘了！弟弟，你们骑马继续走吧，我很快就会赶上你们的。"

他离开他们走了，接着他翻身下马，把马放到青草地上去，自己变做一只小麻雀，飞过木桥，飞过斯莫罗箕娜河，来到一座大理石宫殿；他在打开的小窗子旁边坐下来偷听。

老蛇婆和她的三个儿媳妇——就是蛇妖的老婆——正坐在这座大理石宫殿里面商量，看有什么法子可以害死"坏蛋"母牛的儿子伊凡和他的两个兄弟。

"我先叫他们肚子大饿，"小儿媳妇说，"然后我变成一棵长满了熟苹果的苹果树。他们一人吃一个小苹果——只管叫他们粉身碎骨。"

第二个儿媳妇说："我先叫他们口渴，然后我变成一口井——让他们来喝喝我的水看吧。"

大儿媳妇说："我先叫他们瞌睡，然后我变成一张软绵绵的床。谁要躺在我上面——就会被火烧死。"

老蛇婆——就是三个蛇妖的妈妈——说："我变成一只猪，只要把嘴巴张开来：上顶着天下抵着地，把他们三个人全吞到肚子里去。"

母牛的儿子伊凡听完这番对话，连忙反身飞跑，回到青草地上，朝地面一撞，仍旧变成一个可爱的好汉。他赶上了两个弟弟，三个人一块儿继续前进。他们走了不知道多久，饥饿折磨得他们好苦，身上又没带吃的。他们看见路边有一棵苹果树，树枝上长满了熟苹果。王子伊凡和宫女的儿子伊凡上前就要摘苹果，可是母牛的儿子伊凡抢先一步，横七竖八地打那棵苹果树，打到后来，只见鲜血涌出来了。

"瞧，弟弟，这是一棵什么苹果树哇！"

他们沿着草地和原野继续前进，天气越来越热，热得受不住了，口渴开始折磨他们。他们忽然看见一口井，里面是清凉的泉水。两个弟弟朝它扑上去，可是母牛的儿子伊凡抢先一步，翻身下马，动手打这口井，只见鲜血涌出来了。

"瞧，弟弟，这是一口什么井啊！"

忽然天黑下来了，热气退掉了，也不想喝水了。他们一路前进。漆黑的夜赶上了他们，瞌睡开始折磨他们——叫人受不住了。他们忽然看见一间小房子，小窗子里有灯光；房子里放着一张薄板床和一床绒毛的被褥。

"母牛的儿子伊凡，咱们在这儿过一晚上吧。"

他抢在两个弟弟前面跳过去，把那床左一下右一下地乱打，只见鲜血涌出来了。

“瞧，弟弟，这是什么绒毛床铺哇！”

他们继续一路走，听见后面有追赶的声音：原来是老蛇婆在天上飞，它把嘴张大了，从天上到地下。母牛的儿子伊凡觉得糟糕了。怎样逃走呢？他抛了三普特盐到它的嘴里去。老蛇婆吞下了盐就想喝水，于是跑到蓝色的湖泊那里去了。

三弟兄趁着它去喝水，走了很远；老蛇婆喝过水又回来追赶他们。他们快马加鞭，飞快地跑进树林子，朝铁铺子走去。三弟兄来到了那地方。

“铁匠啊铁匠，请您打十二根铁棍子，再烧红一把钳子吧。一只大猪跑来对你说：‘把犯罪的人交出来。’您就对它说：‘你用舌头舐开十二道铁门，自己去捉吧。’”

忽然老蛇婆跑来了，变成一只大母猪，嚷着说：“铁匠啊铁匠，把犯罪的人交出来！”

铁匠照母牛的儿子伊凡教他的话回答：“你用舌头舐开十二道铁门，自己去捉吧。”

老蛇婆伸出舌头去舐铁门，它舐完所有的十二道门，舌头钻进去了。母牛的儿子伊凡于是用火烫的钳子挟住它的舌头，两个弟弟用铁棍子把它一顿乱打，打得它皮开肉绽，一直打到露出骨头。他们把老蛇婆打死，烧成灰，骨灰让风吹散了。

母牛的儿子伊凡、宫女的儿子伊凡，还有王子伊凡，于是回家了。

他们一直活下去，又游玩又摆酒席。那一回请客我也去了，我喝蜜糖酒，酒顺着胡子流，却流不到嘴里头。他们来招待我：给我切了一木盆的牛肉，倒了一木盆的牛奶。我不喝，不吃，我很固执，他们就来跟我打架。我戴上帽子，他们扑到我的脖子上来……

伊凡王子和灰色狼

从前有一个国王，名字叫作别连杰，他有三个儿子，最小的一个叫作伊凡。

国王有一座富丽堂皇的花园，花园里长着一棵苹果树，树上结着金苹果。

有人“光顾”国王的花园，偷起金苹果来了。国王舍不得自己的花园被人偷，于是派了卫兵到那里去。可是没有一个卫兵能够把偷苹果的人查出来。

国王不喝也不吃，心里很纳闷。三个儿子走过来安慰爸爸说：“我们亲爱的爸爸，你不要发愁了，我们亲自去看守花园。”

大儿子说：“今天我来值班，我去守住花园，不让小偷进来。”

大儿子于是去了。他从傍晚看起，看守了不知道多少时候，一个人也没有看到；他在柔软的青草地上躺下来，睡着了。

第二天早晨国王问他：“喂，你不能叫我快活下吗？你看见小偷没有？”

“没有，亲爸爸，我一个通宵没睡，眼睛也没闭上过，可是一个人也没看见。”

第二天晚上，第二个儿子去看守花园，他也睡了一晚上，早晨说没有见过小偷。

于是轮到小弟弟去看守了。伊凡王子守着爸爸的花园，他连蹲下来也不敢，更不用说躺下来了。他疲倦了一想睡，就拿草上的露水来擦脸——眼睛就不想睡了。

到了半夜，他觉得花园里好像有亮光。这光越来越亮。整个花园都被照亮了。他看见一只“火鸟”坐在苹果树上啄苹果。

伊凡王子轻轻地爬到苹果树旁边，一把捉住鸟儿的尾巴。“火鸟”大吃一惊，连忙飞走了，可是它尾巴上的一根毛，落在伊凡王子手里了。

第二天早晨，伊凡王子来见他爸爸。

“怎么样，我亲爱的小伊凡，你没看见小偷吗？”

“亲爱的爸爸，我捉是没有捉到，不过是谁破坏咱们的花园我倒是看到了。小偷留下来的证据，我给您带来了。爸爸，这是一只‘火鸟’。”

国王接过鸟毛，这一来，他又开始吃开始喝，把愁闷一股脑儿都忘了。直到有一天，他又想起了这件事情，想起了“火鸟”。

他把三个儿子叫来，对他们说：“我亲爱的孩子，你们给马装上马鞍，周游世界，去认识认识地方吧，看能不能在什么地方碰上那只‘火鸟’。”

孩子们向爸爸鞠过躬，给马装上马鞍，就起程了：大儿子朝一个方向走，第二个儿子朝另外一个方向走，伊凡王子朝第三个方向走。

伊凡王子走了不知道多久。这时候是夏天。伊凡王子累了，就下马把马拴好，自己躺下来睡觉。

过了不知道多少时候，伊凡王子醒来，看见马不见了。他于是去找马：走了又走，走了又走，到底把马找到了——不过它只剩下一副被啃光了的骨头。

伊凡王子发起愁来啦：没有马，怎么能够到那么远的地方去呢？

“算了，”他心里想，“走吧——没有办法呀。”

他于是只好步行。他走了又走，走了又走，累得不得了。他在柔软的草地上闷闷不乐地坐下。一只灰色狼不知道打哪儿朝他跑过来：“伊凡王子，怎么这样闷闷不乐地低着头坐着啊？”

“我怎么能不伤心呢，灰色狼？我那匹好马没有啦。”

“伊凡王子，你的马正是我吃的……我很可怜你！说吧，你干吗走那么远呢，上哪儿去呀？”

“爸爸吩咐我周游世界，找‘火鸟’去。”

“哈哈，你骑着你那匹好马呀，就是走三年也到不了‘火鸟’那地方。它住在什么地方，只有我知道。这么办吧——我既然吃了你的马，我就忠实地侍候你。你坐到我的背上来吧，抓紧点儿。”

伊凡王子坐到狼背上去，灰色狼于是跑起来了——它跑过眼前一座座蓝色的森林，尾巴扫过一个个湖。过了不知道多少时候，他们跑到一座高大的城堡。

灰色狼对他说：“听我说啊，伊凡王子，你要记好了：你翻过城墙，用不着害怕——这是个好机会，看守人都睡着了。你可以看见一座楼上有一个小窗子，窗子上挂着一个金鸟笼，鸟笼里就关着那个‘火鸟’。你拿起鸟儿，放在怀里，可当心别碰那鸟笼！”

伊凡王子爬过城墙，看见了这座楼——窗子上挂着一个金鸟笼，鸟笼里关着那“火鸟”。他拿起鸟儿放在怀里，又去看那鸟笼。他的心热起来了：“嗐，好一个鸟笼——金的，多么贵重啊！这样的东西怎么可以不拿呢！”他把灰色狼吩咐他的话全给忘了。他的手刚碰到鸟笼，满城堡都吵起来了：喇叭吹起来，鼓敲起来；看守人醒了，把伊凡王子捉住，带他去见阿夫伦国王。

阿夫伦国王很生气，问他说：“你是哪一家的，你是打哪儿来的？”

“我是别连杰国王的儿子——伊凡王子。”

“嗐，多么不要脸！王子来偷东西。”

“您的鸟儿飞去破坏我们的花园，这话又该怎么说呢？”

"如果你到我这儿来，老老实实地问我要，我因为尊敬你的爸爸别连杰国王，我是会把它给你的。可是现在呢，全城都知道您的坏名声了……嗯，好吧，你替我做一件事情，我就饶了你。某一个王国的库斯曼国王有一匹金鬃马。你去把它带来给我，我就把'火鸟'连笼送给你。"

伊凡王子闷闷不乐，回到灰色狼的地方。狼对他说："我早跟你说过不要碰鸟笼了不是！你怎么不听我的吩咐呢？"

"哎，你原谅我吧，灰色狼，原谅我吧。"

"也好，原谅你了……得啦，坐到我的背上来吧。开了头的事情是骑虎难下的了。"

灰色狼背着伊凡王子，又跑起来了。跑了不知道多少时候，他们来到放金鬃马的那座城堡。

"翻过城墙吧，伊凡王子，看守的人都睡了，你走进马房，把马牵出来，可是当心别碰马勒啊！"

伊凡王子翻过城墙，走进城堡，里面所有的看守人都睡着了，他走进马房，一把抓住金鬃马，可是他实在忍不住去碰那副马勒——它是用金子和贵重的宝石镶成的；金鬃马戴上这么一副马勒，不过是为了出去溜达溜达。

伊凡王子的手刚碰到马勒，满城堡都吵起来了：喇叭吹起来，鼓敲起来；看守人醒了，把伊凡王子捉住，带他去见库斯曼国王。

"你是哪一家的，你是打哪儿来的？"

“我是伊凡王子。”

“嗐，偷马——居然做出这种傻事情来！做这种事情就连一个普通庄稼人也是不赞成的。好吧，伊凡王子，你要是替我做一件事情，我就饶了你。大尔马特国王有一个女儿，名字叫作美丽的叶烈娜。你把她偷到手，送来给我，我就把金鬃马连同马勒都送给你。”

伊凡王子更加闷闷不乐，回到灰色狼的地方。

“伊凡王子，我早跟你说过不要碰那副马勒了不是！你不听我的吩咐嘛。”

“哎，你原谅我吧，灰色狼，原谅我吧。”

“也好，原谅你了……得啦，坐到我的背上来吧。”

灰色狼背着伊凡王子，又跑起来了。他们来到大尔马特的地方。在他的城堡里面，美丽的叶烈娜正在花园里跟奶妈、保姆们一块儿散步。灰色狼说：“这一回我不让你去了，我亲自出马。你打原路往回走吧，我很快就会追上你的。”

伊凡王子打原路往回走，灰色狼跳过城墙——走进花园。它蹲在矮林子后面瞧着：美丽的叶烈娜和她的奶妈、保姆们出来了。她走着走着，落在奶妈和保姆们后面，灰色狼马上抱住美丽的叶烈娜，把她放在背上——溜跑了。

伊凡王子正在路上走，灰色狼忽然追上了他，它背上坐着美丽的叶烈娜。伊凡王子快活得不得了，可是灰色狼对他说：“你快坐到我的背上来吧，别让人家赶上了。”

灰色狼背着伊凡王子，背着美丽的叶烈娜，飞快地打原路往回跑——跑过眼前一座座蓝色的森林，尾巴扫过一条条河和一个个湖。走了不知道多少时候，他们来到库斯曼国王的地方。灰色狼问他说：“怎么啦，伊凡王子，你一声不响，又不快活了吗？”

“我怎么能不伤心呢，灰色狼？我怎么能够跟这样一个漂亮的姑娘分开呀？我怎么能够拿美丽的叶烈娜去换一匹马呀？”

灰色狼回答他说：“我也不想拆散你和这样一个漂亮的姑娘——我们把她藏起来吧，我变成美丽的叶烈娜，你把我带到国王那儿去。”

这样，他们把美丽的叶烈娜藏在树林子当中一间小房子里。灰色狼翻了个跟头，变成一模一样的美丽的叶烈娜。伊凡王子带“她”去见库斯曼国王。国王非常高兴，感激地说：“伊凡王子，谢谢你把新娘子带来给我。你把金鬃马连同马勒都带走吧。”

伊凡王子上了马，跑去找美丽的叶烈娜。他把她抱起来，让她坐在马上，他们于是一路往回跑。

这边库斯曼国王请大家吃喜酒，从早吃到晚，到了该睡觉的时候了，他把美丽的叶烈娜带进卧房，可是他刚要跟她上床，一看哪——年轻的妻子变成狼的嘴脸啦！国王吓得从床上滚下来，狼趁机逃走了。

灰色狼赶上伊凡王子，问他说："想什么心事呢，伊凡王子？"

"我怎么能不想心事呢？我舍不得跟这样一件宝贝——这样一匹金鬃马分开，拿它去换'火鸟'哇。"

"你用不着伤心，我来帮你的忙。"

他们接着来到阿夫伦国王的地方。狼说："你把马和美丽的叶烈娜藏起来吧，我变成金鬃马，你带我去见阿夫伦国王。"

他们把美丽的叶烈娜和金鬃马藏在树林子里。灰色狼翻了个跟头，变成一匹金鬃马，伊凡王子带它去见阿夫伦国王。国王非常高兴，就把"火鸟"连同鸟笼给了他。

伊凡王子步行回到树林子里，把美丽的叶烈娜抱上马背，提起笼子里的"火鸟"，一路往自己的王国跑。

阿夫伦国王吩咐把送来的那匹马牵过来，正想骑上去——马却变成了一只灰色狼。国王吓得站不稳脚，摔了一跤，灰色狼趁机撒腿逃走，很快就赶上了伊凡王子。

"现在再见了，我不能够再向前走了。"

伊凡王子下马，深深地鞠了三个躬，恭恭敬敬地谢过灰色狼。可是狼说："你不会就这样跟我永远分开的，我还要帮你的忙哪。"

伊凡王子心里想："你还帮我什么忙呢？我所有的愿望都已经达成了。"他骑上金鬃马，带着美丽的叶烈娜和"火鸟"向前跑。他来到自己的国土，想歇一会儿，过了正午再走。他身边的粮食已经不多。他们吃饱了肚子，喝过了泉水，就躺下来休息。

伊凡王子刚睡着，他的两个哥哥来到他面前。他们到别的地方去找“火鸟”，现在正空着手回家。他们走过来，看见伊凡王子什么都到手了，于是商量说：“咱们把弟弟杀了吧，那么所有的东西就都是咱们的了。”

他们决定以后，就杀死了伊凡王子。他们骑上金鬃马，提起“火鸟”，把美丽的叶烈娜放在马上，恐吓她说：“到了家里，你可一句话也不要说！”

死了的伊凡王子躺在地上，乌鸦已经在他的头上飞来飞去了。灰色狼不知道打哪儿跑过来，一把抓住大乌鸦和小乌鸦。

“老乌鸦，你飞去把活水和死水带回来吧。你把活水和死水带回来，我就放你的小乌鸦。”

老乌鸦没有办法，只好飞走了，灰色狼抓住它的小乌鸦。老乌鸦去了不知道多少时候，把活水和死水带回来了。灰色狼把死水洒在伊凡王子的伤口上，伤口马上收口；它再把活水洒在他身上——伊凡王子活过来了。

“嗐，我睡得多么熟哇！”

“你睡得熟极了，”灰色狼说，“要不是我啊，你就醒不了啦。你两个亲哥哥把你杀死，把你得来的东西全拐走了。你快坐到我的背上来吧。”

他们跑上前去追赶，赶上了他的两个哥哥。灰色狼登时把他们撕碎，一块一块撒在地上。

伊凡王子向灰色狼鞠躬，和它永远分别了。

伊凡王子骑着金鬃马回到家里，给他父亲带回了“火鸟”，给他自己呢，带回了新娘子——美丽的叶烈娜。

别连杰国王很开心，就一五一十地盘问他的儿子。伊凡王子将事情原原本本都告诉了他，说灰色狼是怎样帮助他弄到这些东西的，他的两个哥哥是怎样趁着他睡觉把他杀死的，灰色狼又怎样把他们撕碎了。

别连杰国王伤心了一会儿，可是很快就宽心了。伊凡王子娶了美丽的叶烈娜，他们从此无忧无虑地过日子。

青蛙公主

古时候有一个国王，他有三个儿子。等到三个儿子长大成人，国王把他们叫来，对他们说："我亲爱的孩子，趁我还没有老，我很想给你们娶媳妇，让我看看你们的孩子，看看我的孙子。"

三个儿子回答爸爸说："亲爱的爸爸，就这么办吧，你祝福我们吧。你想叫我们娶什么样的人呢？"

"这么办，孩子们，你们每人拿一支箭，走到原野上去射：箭落在什么地方，你们命里注定的媳妇就在什么地方。"

三个儿子向爸爸鞠过躬，每人拿了一支箭，走到原野上去，张开弓，把箭射出去。

大儿子的箭落在贵族的院子里，贵族的女儿把箭捡起来。第二个儿子的箭落在商人那又阔又大的院子里，商人的女儿把箭捡起来。

可是小儿子伊凡王子的箭呢，不知道飞到哪儿去了。他走了又走，走了又走，一直走到一块沼池上，看见一只青蛙坐在那里，叼着他的箭。伊凡王子对它说："青蛙呀青蛙，你把箭还给我吧。"

可是青蛙回答他说："你娶了我吧！"

"这是什么话，我怎么能够娶一只青蛙做媳妇呢？"

"娶了吧，你要知道，你的命中注定就是这样的。"

伊凡王子很伤心，可是没有办法，他捧起青蛙，把它带回家里去。国王办了三件喜事：大儿子娶了贵族的女儿，第二个儿子娶了商人的女儿，可是倒霉的伊凡王子娶了一只青蛙。

有一回，国王把三个儿子叫来："我想看看你们的媳妇当中谁的针线活做得最好。让她们每人给我缝一件衬衫吧，明天就送来。"

三个儿子向爸爸鞠过躬，就出去了。

伊凡王子回到家里，坐下来，低下了头。青蛙在地板上跳，问他说："伊凡王子，干吗低着头啊？莫非有什么倒霉事情吗？"

"爸爸吩咐你给他缝一件衬衫，明天就要送去。"

青蛙回答他说："别发愁了，伊凡王子，还是去睡吧，早晨要比晚上清醒些。"

伊凡王子睡了，青蛙跳到门口，脱下身上的青蛙皮，变成了智慧的瓦西丽沙，像她这样漂亮的人儿，连童话里也没有讲到过。

智慧的瓦西丽沙拍了拍手，叫道："奶妈、保姆，你们过来，准备着！天亮以前，你们给我缝好一件衬衫，就跟我亲爸爸身上穿的一模一样。"

早晨伊凡王子醒来，青蛙还在地板上蹦蹦跳跳，不过衬衫已经放在桌子上，用毛巾包好了。伊凡王子开心得不得了，就拿起衬衫送去给国王。国王这时候正在接受两个大儿子的礼物。大儿子打开衬衫，国王接过来就说："这件衬衫只好在黑屋子里穿。"

第二个儿子打开衬衫，国王说："这件衬衫只好进洗澡房穿。"

伊凡王子打开他的衬衫，衬衫上镶金嵌银，装饰着复杂的图案，国王接过来一看，就说："嗐，这才是穿了过节的衬衫哪。"

三兄弟各自回家，两个大的互相商量："不对，咱们显然是白白取笑伊凡王子的媳妇了：她不是青蛙，她是个女妖怪……"

国王又把三个儿子叫来："让你们的媳妇给我烤一个面包，明天就送来。我想知道哪一个做吃的最拿手。"

伊凡王子低着头回到家里。青蛙问他说："干吗发愁哇？"

他回答说："得给爸爸烤好面包，明天就送去。"

"别发愁了，伊凡王子，你去睡吧，早晨要比晚上清醒些。"

两个嫂嫂原先取笑青蛙，这时候却派了后院一个老太婆来偷看青蛙怎样烤面包。

青蛙很聪明，她料到了这件事情。她于是和好面粉，挖开炉灶的顶，把所有的面一股脑儿都倒到窟窿里去。后院的老太婆跑回来见国王的两个儿媳妇，把事情一五一十都告诉她们，于是她们就动手照办。

可是青蛙跳到门口，变成智慧的瓦西丽沙，拍了拍手：“奶妈、保姆，你们过来，准备着！天亮以前，你们给我烤好一个软软的白面包，就跟我在亲爸爸那边吃的一模一样。”

伊凡王子第二天早晨醒来，桌子上已经放着一个面包，那上面装饰着各式各样的花样：旁边是印出来的图案，顶上是个有关口的城。

伊凡王子开心得不得了，就用一块大毛巾把面包包起来，送去给爸爸。这时候国王正在接受两个大儿子的面包。他们的老婆照后院那老太婆的话，把面都倒到炉灶里去，结果拿出来的是两团焦块。国王从大儿子手里接过面包，看了看，就把它送到仆人房间里去了。他再从第二个儿子手里接过面包，也送到那儿去了。轮到伊凡王子把面包交给他，国王说：“这种面包，只有过节才吃得到。”

国王接着又吩咐三个儿子，叫他们第二天带着媳妇来出席宴会。

伊凡王子于是又闷闷不乐地回到家里，头低得更厉害。青蛙在地上说：“呱呱呱，伊凡王子，干吗发愁哇？莫非叫爸爸骂了吗？”

“青蛙呀青蛙，我怎么能够不发愁呢？爸爸吩咐我带你到宴会上去，可是我怎么让大家见你呀？”

青蛙回答他说：“别发愁了，伊凡王子，你先一个人到宴会上去，我随后就到。当你听见雷响的时候，你不要怕。大家问你，你就说：‘这是我的宝贝青蛙坐着小盒子来了。’”

于是伊凡王子一个人去了宴会。两个哥哥都带了穿得非常华贵、戴满首饰、搽脂抹粉、画了眉毛的媳妇一起来。他们站在那里取笑伊凡王子：“为什么你不把太太带来呀？也许用毛巾把她包来了吧。这样一个美人儿，你打哪儿找来的？大概嘛，所有的沼泽地都叫你踏遍了。”

国王跟三个儿子、两个儿媳妇，还有许多客人坐在橡木桌子旁边，坐在有花纹的台布前面喝酒吃菜。忽然雷声隆隆地响，整个王宫都发出“噼里啪啦”的声音。客人们都大惊失色，从座位上跳起来，可是伊凡王子说：“正直的客人们，你们不要怕：这是我的宝贝青蛙坐着小盒子来了。”

一辆六匹白马拉的四轮金马车，一直飞跑到王宫的门口，车子里走出智慧的瓦西丽沙：她身上穿着一套绀青色的衣服——上面密层层地镶满了星星，她头上戴着一个明月，这样的美人儿呀，你想也想不出来，猜也猜不出来，这是只有在童话里才讲到的。她搀着伊凡王子的手走到橡木桌子旁边，走到有花纹的台布前面去。

客人们开始大吃大喝，兴高采烈的。智慧的瓦西丽沙喝了杯子里的酒，剩下来的倒在左手袖子里。她咬了一口天鹅肉，骨头扔在右手袖子里。

两个王子的媳妇，看见了她的把戏也就学样。

大家喝过吃过以后，就轮到跳舞了。智慧的瓦西丽沙把伊凡王子扶起来，也去跳舞。她跳了又跳，转了又转——大家都觉得惊奇。她把左手的袖子一挥——忽然一个湖出现了，她把右手的袖子一挥——有一群白天鹅在湖上漂着。国王和客人们都看得目瞪口呆。

接着两个王子的媳妇也去跳舞：她们把这只袖子一挥——酒溅到客人身上去了，她们把那只袖子一挥——骨头东飞西散，其中有一块打中了国王的眼睛。国王一气，把两个儿媳妇都赶了出去。

这时候伊凡王子偷偷走开，跑回家里，找到了青蛙皮，把它扔到炉灶里烧掉了。

智慧的瓦西丽沙回家发觉青蛙皮不见了。她坐在凳子上伤心发愁，对伊凡王子说："唉，伊凡王子，你干的好事！如果你再等三天，我就永远是你的了。可是现在呢，你要原谅我了。你得到很远很远的地方去，到很远很远很远的地方——到老不死的老人那儿去找我吧……"

智慧的瓦西丽沙变成一只灰色的杜鹃飞出了窗子。伊凡王子大哭了一场，向四方鞠过躬，就顺着路向前走——去找他的老婆智慧的瓦西丽沙。他走了不知道多远，走了不知道多久，他把靴子走破了，把外套磨烂了，小雨点把他的皮帽子也滴穿了。有一个老老头碰见了他。

"你好哇，可爱的好汉！你去找什么，上哪儿去呀？"

伊凡王子把自己的不幸事情全都告诉了他。老老头对他说："唉，伊凡王子，你为什么要把那青蛙皮烧了呢？不是你把它穿上去的，就不该是你把它脱下来。智慧的瓦西丽沙比她爸爸还要调皮，还要机灵。这一来他生气了，就吩咐她变成青蛙三年。唉，没有办法，我给你一个球吧：它滚到哪里，你就勇敢地跟到哪里。"

伊凡王子谢过了老老头，就跟了那个球走。球往前滚，他在后面跟着跑。他在原野上碰到一只熊，瞄准了就要开枪打死它。可是熊对他说："伊凡王子，你不要打死我，有一天我对你会有用处的。"

伊凡王子可怜那熊，没有打它，就继续向前走。他看见头顶上飞过一只鸭子。他瞄准了它，可是鸭子对他说：“伊凡王子，你不要打死我，有一天我对你会有用处的。”

他可怜那鸭子，就继续向前走。一只斜眼兔子跳过。伊凡王子又想打它，可是兔子对他说：“伊凡王子，你不要打死我，有一天我对你会有用处的。”

他可怜兔子，就继续向前走。他来到一个蓝色大海的岸边，看见沙滩上有一条梭鱼，这梭鱼已经快断气了，对他说：“唉，伊凡王子，你可怜可怜我，把我扔到蓝色的海里去吧！”

他于是把梭鱼扔到海里去，沿着岸边继续向前走。他走了不知道多少时候，球一直滚到树林子里去。那边有一座鸡脚架的小房子在团团转。

“房子啊房子，你照妈妈安排的老样子停下来吧：后面对着树林子，前面对着我。”

小房子把前面转到他的面前停下来，后面对着树林子。伊凡王子走进去，看见有一个骨头腿的老妖婆躺在暖炕的第九块砖上，牙齿搁在架子上，鼻子一直顶到天花板。

“亲爱的好汉，你为什么来看我啊？”老妖婆对他说，“你是有事情来看我，还是没有事情来看我呢？”

伊凡王子回答她说：“唉，你这老婆婆，最好先让我喝够吃饱，在洗澡房里洗个蒸浴，然后再来问我。”

老妖婆让他在洗澡房里洗过蒸浴，喝够，吃饱，再给他铺好了床，伊凡王子于是告诉她，说他正在找他的老婆智慧的瓦西丽沙。

“我知道，我知道，”老妖婆对他说，“你的老婆正在老不死的老人那里。把她得到手可不容易哪，制服那老不死的老人是很难的：他的命根儿在一根针的针尖里，针在一个蛋里，蛋在一只鸭子的肚子里，鸭子在一只兔子的肚子里，兔子在一个石头箱子里，石头箱子在一棵高高的橡树上，这橡树就由老不死的老人像看守自己的眼睛那样看守着。”

伊凡王子在老妖婆家里过了一晚上，第二天早晨，她指点他那棵高高的橡树在什么地方。伊凡王子走了不知道多少时候才走到那里，他看见一棵高高的橡树立在那里窸窸窣窣地响，树顶上有一个石头箱子，得到它挺不容易。

不知道打哪儿忽然跑来了一只熊，它把橡树连根拔起。箱子摔下来，摔开了。一只兔子从箱子里跳出来——拼了命往前跑。可是另外一只兔子在它后面紧紧追赶，追上了，把它撕个粉碎。兔子的肚子里飞出一只鸭子来，飞得高高的，飞到了天上。瞧哇，另外一只鸭子朝它扑过去，把它打了一下——那鸭子落下了一个蛋，这蛋落到蓝色的海里去了……

这时候伊凡王子掉下伤心的眼泪来——在茫茫的大海里，上哪儿去找蛋呢！忽然有一条梭鱼游到岸边来，它的牙齿正好咬住那个蛋。伊凡王子把蛋磕碎，得到了一根小针，于是他连忙拗针尖。他这边拗，那边老不死的老人浑身哆嗦，翻来覆去。老不死的老人哆嗦了许多回，翻覆了许多回，最后伊凡王子把针尖拗断了，老不死的老人也就断气了。

伊凡王子走进老不死的老人那座大理石宫殿。智慧的瓦西丽沙向他跑过来，亲他的嘴唇。伊凡王子把智慧的瓦西丽沙带回了家，他们于是长久幸福地一直活到老。

灰色马，棕色马

从前有一个老头儿，他有三个儿子。两个大的做买卖，是两个机灵的花花公子，可是小儿子傻瓜伊凡随随便便的——爱上树林子里去采蘑菇，在家他多半坐在暖炕上。

老头儿快死了，就吩咐三个儿子说："我死了以后，你们接连三个晚上，轮流到我的坟上来，带面包给我。"

三个儿子埋葬了老头儿。第一个晚上该大儿子去上坟，可是他不知道是偷懒呢还是害怕——他对小弟弟说："小伊凡，今儿晚上，你替我到爸爸的坟上去吧。我买蜜饼给你吃。"

伊凡答应了，就带了面包，到爸爸的坟上去。他坐在那里等。到了半夜，地裂开了，爸爸从坟墓里升起来，对他说："谁在这儿呀？是你吗，老大？告诉我，俄罗斯出了什么事情啦：狗叫吗，狼嚎吗，或者是我的孩子在哭吗？"

伊凡回答他说："是我——你的儿子。在俄罗斯，一切都安静得很。"

爸爸吃饱了面包，仍旧躺到坟里去。伊凡于是回家，一路上采着蘑菇。他回到家里——大哥问他："你看见了爸爸没有？"

“看见了。”

“他吃了面包没有？”

“吃了。吃了个饱。”

到了第二天晚上。二哥该去了，可是他不知道是偷懒呢还是害怕——他说：“小伊凡，你替我到爸爸那儿去吧。我给你编草鞋。”

“好吧。”

伊凡带了些面包，到爸爸的坟上去，坐在那里等。到了半夜，地裂开了，爸爸升起来问他：“谁在这儿呀？是你吗，老二？告诉我，俄罗斯出了什么事情啦：狗叫吗，狼嚎吗，或者是我的孩子在哭吗？”

伊凡回答他说：“是我——你的儿子。在俄罗斯，一切都安静得很。”

爸爸吃饱了面包，仍旧躺到坟里去。伊凡回家，一路上采着蘑菇。二哥问他：“爸爸吃了面包没有？”

“吃了。吃了个饱。”

第三天晚上，轮到伊凡去了。他对两个哥哥说：“我已经去了两个晚上。这一回你们上爸爸的坟上去吧，我来休息一下。”

两个哥哥回答他说：“什么话，小伊凡，那边你去熟了，还是你去的好。”

“嗯，也好。”

伊凡带了些面包，就去了。半夜里地裂开了，爸爸从坟里升起来：“谁在这儿呀？是你吗，我的小儿子伊凡？告诉我，俄罗斯出了什么事情啦：狗叫吗，狼嚎吗，或者是我的孩子在哭吗？”

伊凡回答他说：“我是你的儿子小伊凡。在俄罗斯，一切都安静得很。”

爸爸吃饱了面包，对他说：“只有你一个人照我的吩咐做，三个晚上不怕守着我的坟。你到田野里去这样嚷：‘灰色马，棕色马，未卜先知的土黄色马，你快像叶子飘到青草上一样，站到我的面前来吧！’那马就会跑到你面前来，你从它的右耳朵钻进去，从左耳朵钻出来。这样你就会变成一个仪表堂堂的好汉了。然后你坐到马背上，骑了它动身出发。”

伊凡拿起马勒，谢过爸爸，就回家了，一路上又采了许多蘑菇。他回到家里，两个哥哥问他：“你看见了爸爸没有？”

“看见了。”

“他吃了面包没有？”

“爸爸吃了个饱，再也不叫去了。”

这时候，国王号召所有没成亲的单身汉到王宫里去。他的女儿美丽无比公主吩咐给自己盖了一座有十二根柱子、有十二根梁的高楼。她坐在楼顶上，等着什么人的马能够一跳就跳到她坐的地方，亲到她的嘴唇。这个骑士，不管他是什么样的人，国王也要把女儿美丽无比公主嫁给他，外加半个王国。

伊凡的两个哥哥听到这个消息，就互相商量："咱们去碰碰运气吧。"

他们于是用燕麦喂饱两匹好马，把它们牵出来。他们自己穿得干干净净，梳好了头发。伊凡坐在暖炕上的烟囱后面对他们说："大哥，二哥，你们带我一块儿去碰碰运气吧！"

"傻瓜，煨灶猫！你还是到树林子里去采蘑菇吧，免得惹人笑话。"

两个哥哥骑上好马，戴上帽子，一声口哨，一声喊叫——只见灰尘滚起来了。伊凡拿起马勒到田野上去。他到了田野上，就照他爸爸教的法子嚷："灰色马，棕色马，未卜先知的土黄色马，你快像叶子飘到青草上一样，站到我的面前来吧！"

不知道打哪儿跑来了一匹马，连地也震动了，它的鼻孔冒火，耳朵直喷烟。它一动也不动地站在他面前，问他："您有什么吩咐？"

伊凡摸摸那马，装上马勒，从它的右耳朵钻进去，从左耳朵钻出来，变成一个年轻好汉，叫人想也想不出来，猜也猜不出来，连笔墨也没法儿形容。他上马就往王宫走。灰色马，棕色马跑起来了，地也震动了，它的尾巴扫过高山和低谷，树墩和木头在四条腿之间掠过。

伊凡来到王宫的院子，只见那儿人山人海。美丽无比公主坐在那座有十二根柱子、有十二根梁的高楼顶上，坐在窗子前面。

国王走出门来，对大家说："年轻人，你们谁要是能够骑马纵身跳到窗口，亲到我女儿的嘴，我就把她许配给这个人，外加半个王国。"

好汉们于是开始跳了。那地方好高哇，到不了！伊凡的两个哥哥试了试，连一半也没有跳到。

轮到伊凡跳了。他骑着灰色马，棕色马，一声叫，一声喊，纵身一跳——只差两根梁没有跳到。他重新跳起来，重新飞起来——只差一根梁没有跳到。他转了一个身，兜了一个圈子，再把马赶急了一跳——他像一团火似的飞过窗口，亲到了美丽无比公主的嘴唇，公主用戒指在他的脑门上一敲，留下了一个印子。

所有的人于是嚷道："留住他，别放他走！"

可是他连影子也没有了。

伊凡跑到田野上，从灰色马，棕色马的左耳朵钻进去，从右耳朵钻出来，重新变成傻瓜伊凡。他放走了马，自己一个人回家，一路上采着蘑菇。他拿一块破布条包住了脑门，爬上暖炕躺下来。

他的两个哥哥回到家里，讲他们到过什么地方，看见了什么东西。

"好汉到了许许多多，其中有一个比谁都好——他骑马一纵身哪，就亲到了公主的嘴唇。大家只看见他打哪儿来，可没看见他上哪儿去了。"

伊凡坐在烟囱后面说："这不是我吗？"

两个哥哥生他的气："傻瓜只会说傻话！坐在炕上吃你的蘑菇吧。"

伊凡偷偷解开脑门上的破布条，露出公主用戒指敲的印子，屋子里顿时火光熊熊。两个哥哥吓了一跳，连忙嚷道："你在干什么呀，傻瓜？放火烧房子吗？"

第二天，国王请所有的贵族、公爵和平民，有钱人和穷人，老的和少的去吃酒席。

伊凡的两个哥哥也动身到国王那儿去吃酒席。伊凡对他们说："带我去吧！"

"傻瓜，你能上哪儿去呀，难道去招人笑话吗！你坐在炕上吃你的蘑菇吧。"

两个哥哥骑上好马走了，伊凡一步一步走着去。他来到国王的宴会上，坐在老远一个墙角里。美丽无比公主开始绕着客人走。她捧了一碗蜜糖，看谁的脑门上有印子。

她走过所有客人的面前，一直来到伊凡前面，她的心一下子痛得要命。她仔仔细细看了他一会儿——只见他浑身都是煤灰，头发笔直地竖起来。

美丽无比公主开始问他："你是谁的孩子呀？你是打哪儿来的？你为什么把脑门包起来呢？"

"受伤了。"

公主解开他脑门上的布条——忽然满宫殿都是光。她嚷起来了："这是我留下的印子！我的未婚夫原来在这里！"

国王走过来说："这是怎么样一个未婚夫哇！他又丑，又是满身煤灰。"

伊凡对国王说："您让我去洗一洗吧。"

国王答应了。伊凡走到外面院子里，照他爸爸教的话嚷道："灰色马，棕色马，未卜先知的土黄色马，你快像叶子飘到青草上一样，站到我的面前来吧！"

不知道打哪儿忽然跑来了一匹马，连地也震动了，它的鼻孔冒火，耳朵直喷烟。伊凡从它的右耳朵钻进去，从左耳朵钻出来，重新变成一个年轻好汉，叫人想也想不出来，猜也猜不出来，连笔墨也没法儿形容。所有的人都"啊呀"地叫了一声。

说到这里，就只剩下这么一句话了：他们用一顿快活的酒席来庆祝婚礼。

图书在版编目（C I P）数据

俄罗斯民间故事 /（苏）阿·托尔斯泰著；任溶溶译 . —杭州：浙江教育出版社，2023.3
（语文教材选篇作家作品深度阅读系列 / 张明舟主编 . 任溶溶译作精选）
ISBN 978-7-5722-4893-1

Ⅰ . ①俄… Ⅱ . ①阿… ②任… Ⅲ . ①民间故事—作品集—俄罗斯 Ⅳ . ① I512.73

中国版本图书馆 CIP 数据核字（2022）第 222030 号

责任编辑 董安涛　**责任校对** 鲁　庚
美术编辑 曾国兴　**责任印务** 曹雨辰
封面插画 与　喵　**内文插图** 孟丹华　郭坤平
特约策划 甜橙树工作室　**装帧设计** 乐读文化

语文教材选篇作家作品深度阅读系列
任溶溶译作精选　俄罗斯民间故事
RENRONGRONG YIZUO JINGXUAN　ELUOSI MINJIAN GUSHI
张明舟　主编　［苏］阿·托尔斯泰　著　任溶溶　译

出版发行 浙江教育出版社
（杭州市天目山路 40 号　电话：0571-85170300-80928）
激光照排 杭州乐读文化创意有限公司
印　　刷 浙江新华印刷技术有限公司
开　　本 890mm × 1240mm　1/32
印　　张 8.25
字　　数 165 000
版　　次 2023 年 3 月第 1 版
印　　次 2023 年 3 月第 1 次印刷
标准书号 ISBN 978-7-5722-4893-1
定　　价 52.00 元